DREAMBOOKS

武當前身

무당전생

6

dream
books
드림북스

무당전생 6

초판 1쇄 인쇄 / 2015년 10월 19일
초판 1쇄 발행 / 2015년 10월 26일

지은이 / 정원

발행인 / 오영배
책임편집 / 편집부
펴낸 곳 / (주)삼양출판사 · 드림북스

주소 / 서울특별시 강북구 도봉로 173
대표 전화 / 02-980-2112 팩스 / 02-983-0660
편집부 전화 / 02-980-2116 팩스 / 02-983-8201
블로그 / blog.naver.com/dreambookss

등록번호 / 제9-00046호
등록일자 / 1999년 3월 11일

값 8,000원

ISBN 979-11-313-0454-9 (04810) / 979-11-313-0195-1 (세트)

* 지은이와 협의하에 인지는 생략합니다.
* 잘못된 책은 구입한 곳에서 바꾸어 드립니다.

이 도서의 국립중앙도서관 출판시도서목록(CIP)은 서지정보유통지원시스템홈페이지
(http://seoji.nl.go.kr)와 국가자료공동목록시스템(http://www.nl.go.kr/kolisnet)에서
이용하실 수 있습니다. (CIP제어번호: 2015028215)

武當前生

무당전생

6

정원 신무협 장편소설

ORIENTAL FANTASY STORY & ADVENTURE

dream
books
드림북스

무당전생

목차

第一章 전략회의(戰略會議)　　007

第二章 사천행로(四川行路)　　031

第三章 의매재회(義妹再會)　　055

第四章 상식파괴(常識破壞)　　079

第五章 뇌옥방문(牢獄訪問)　　103

第六章 감숙집결(甘肅集結)　　129

第七章 무당신룡(武當新龍)　　153

第八章 광풍마검(狂風魔劍)　　179

第九章 적운검진(赤雲劍陣)　　205

第十章 쌍부혈객(雙斧血客)　　231

第十一章 청성도검(靑城道劍)　　257

第十二章 서패호법(西覇護法)　　281

第一章

전략회의(戰略會議)

사람의 죽음은, 생각보다 어이없고 허탈하게 일어난다.

전생의 지구만 봐도 알 수 있다.

농담이 아닐까 싶을 정도로, 거짓말처럼 사고 등으로 죽었다는 소식이 알려진다.

그것은 현생의 세계, 중원 무림도 마찬가지다. 아니, 죽음에 관해서 현대 지구보다 더했다.

비록 전쟁이 일어나, 핵이나 미사일로 인해 한 번에 수십만 명씩의 인간이 죽지는 않지만, 무림은 굳이 전쟁이 일어나지 않아도 — 평소에 많은 사람들이 여러 이유로 목숨을 잃는다.

때로는 가난과 굶주림, 강도 등으로 죽기도 하며 혹은 무공비급서 등 보물 때문에 일어난 다툼이라거나, 혹은 명예를 걸고 싸우는 싸움 등 정말 가지각색 이유로 사람이 죽는다.

진양은 이 잔혹무도한 세계에 대해 알고 있었다.

전생에 살았던 한국은 그래도 치안이 좋고, 살기 좋은 나라에 속했다.

적어도 미국 등 총기가 합법적으로 허용된 국가가 아니니, 살인범죄 발생은 지극히 적었다.

그에 비해서 이 중원 무림이 얼마나 무서운 곳인지 알고 있었고, 이해했다. 그 나름대로 살인에 대해 각오했다.

애초에 무당파에 들어가서, 누구보다 더 무공에 매진한 것도 이 때문이었다.

물론 전생에서 무협지를 보고, 무공을 접하면서 거기에서 시작된 특유의 환상 등의 이유도 있었지만, 이 세계가 얼마나 무섭고, 위험성이 높은지 제대로 이해했기에 — 살아남기 위한 생존 본능 덕분에 포기하지 않고 끈기 있게 매진할 수 있었다.

그리고.

'관주님…….'

사람의 죽음에 대한 소식을 거짓말처럼 듣게 됐다.

바로 어린 시절부터 자신을 포함하여 무룡관 가족들의 사범으로서 무(武)를 가르친 남자. 또 다른 스승이기도 한 무당제일검 청곤의 죽음이었다.

'아직도 믿기지 않는구나.'

청곤은 그 별호에 맞게 강하다. 하지만 불사는 아니다. 그렇다고 무적도 아니다. 그도 살과 피로 이루어져 있는 사람인 이상 누군가와 싸워서 치명타를 입으면 죽는다.

'설마 이렇게 어이없이 죽을 줄은 상상도 못 했어. 드라마나 영화에 보면 이런 주요 인물은 무언가 대단하게 죽거나 했는데…….'

쓴웃음조차 지을 수 없었다.

전생에 가끔 봤던 무협지 영화나 드라마가 떠오른다.

무당제일검이라는 이름을 받은 사람의 죽음은 그 명성에 걸맞게, 보통 격렬한 싸움 끝에 전사했다 ― 라며 죽는 게 상식이다.

하지만 현실은 달랐다.

진양을 포함하여 무룡관 가족들의 인생에서 중요한 역할을 했던 남자이자 무당에서 제일가는 검수이며 무림맹의 장로이기도 했던 청곤은 허무하게 죽었다.

장황한 최후에 대한 설명도 없이, 원수의 입에서 '죽었다.' 라는 말과 함께 말이다.

'만약 양의신공 중에서 음을 깨닫지 못했으면 주화입마에 걸렸을지도 몰라.'

진양은 사교 관계가 좁지만, 그만큼 깊다.

그 인맥이 적긴 해도 그와 연결된 사람은 다들 하나도 빠짐없이 소중하다고 생각할 정도로 깊게 연결됐다.

그런데 그중 한 사람이 사망했고, 진양의 인생에 있어 소중한 사람의 죽음은 이번이 처음이었다.

북사호법 복인흥을 포로로 잡은 뒤에, 이후 어찌할지 회의를 하면서 아무렇지 않은 모습을 보였지만 그 속을 전혀 아니었다.

생각할 것이 많이 있어서 그렇지, 진양 본인도 속으로는 무척 크게 신경 쓰고 나름대로 충격도 받았다.

죽음을 경험하고 다시 얻은 소중한 두 번째 삶이기에 그만큼 지금의 삶을 중요하게 생각하고 있는 진양이다.

거기에 금이 가는 것은 버텨내기가 힘들다.

하지만 복인흥의 만남과 더불어, 죽음의 상징인 강시를 눈앞에 두는 것으로 자신이 그동안 쭉 모른 척했던 죽음이자 음을 받아들여 정신적으로 크게 성장했다.

만약 그 깨달음이 없었다면 자신도 진성처럼 크게 분노하고, 나아가 심마에 빠져 정신을 차리지 못했을지도 모른다.

'정신 똑바로 차리자. 이제부터 마음을 더 굳게 먹어야 할 때야.'

우려했던 정마대전.

얼마 전 무림맹에서 날아온 서신과 함께, 전쟁이 시작됐으니 청곤뿐만 아니라 앞으로 많은 사람이 죽을 것이다.

만약 여기서 무너진다면, 앞으로 찾아올 위험과 죽음을 버틸 수 없다.

'그리고, 더더욱 강해져야 할 필요가 있어졌어. 사부님이나 사저, 그리고 무당의 소중한 사람들을 지킬 필요도 있지만…… 마교의 교리는 잘못됐다.'

또한 황중 협곡전은 여러모로 진양에게 특별한 사건으로 다가왔다.

그가 여태껏 연공해 왔던 무공은 이 세계에서 살아남기 위해서, 그리고 무당파의 일상을 이어 나가기 위해서였다.

하지만 복인홍과의 만남을 통해, 마교의 교리를 듣고 알게 되어 그 사상을 멸시하게 됐다.

그와 동시에, 마교가 얼마나 위험한지 깨닫게 됐다.

지금까지 진양에게 마교는 그저 무를 숭상하는 하나의 종교이자 무림맹이나 사파와 대적하는 단체라고 막연하게 생각했다.

하지만 이로 인해 하늘 아래 함께할 수 없는 적이자 위험한 곳이라고 인식하게 됐으며, 정마대전에 참여하여 마교와 싸우겠다는 마음을 먹는 계기가 됐다.

*   *   *

무림맹 본부에서는 심각한 분위기가 흐르고 있었다. 얼마 전, 청해지부장인 우문독패가 보내온 서신 때문이다.

하나는 일차로 보냈던 조사대의 전멸.

둘은 북사호법 복인흥과 배신자 연미를 포로로 삼은 것.

마지막으로 천마가 오만 교도를 이끌고, 무림을 침공하려고 무거운 엉덩이를 든 소식 때문이었다.

"마교가 움직일 것은 대충 예상한 바였으나……."

무림맹주 지무악이 돌처럼 굳은 얼굴로 중얼거렸다.

마교가 무림을 침공할 것은 나름대로 예상하고 있었다.

비록 그 뒤에는 사도련주의 암계가 있었지만, 그 계획에 걸린 정파 무림은 어쩔 수 없이 마교와 싸울 수밖에 없는 상황이 만들어졌다.

이 소식을 알게 된 마교 역시, 정파 무림이 전쟁 준비를 하는 걸 보고 가만히 있지는 않았을 것이다.

게다가 애초에 천마는 힘이 곧 전부라는 마교의 교리를 아주 순순히 따르는 교주이기도 하다.

폐관 수련만 아니었으면 진작에 나서서 중원 침공을 꾀하고도 남을 인물이다.

"전(前) 장로진들이 죽은 지 얼마 되지도 않았거늘……."

"무당제일검이 이렇게 허무하게 죽을 줄은 몰랐소."

무림맹 수뇌부들은 머리를 감싸 안고 한숨을 내쉬었다.

그렇지 않아도 용봉비무대회 때, 무림맹 장로진들 대다수가 상당히 무기력하게 당하여 정파인들에게 크나큰 충격을 줬다.

그 충격은 사기로까지 이어져 무림맹의 전력을 떨어뜨리게 했다.

하여, 다시 장로들을 모집하고, 재편성하여 사기를 드높이기 위해 현 무림에서 제법 이름 있는 강자들로 모았다.

하지만 그것도 얼마 지나지 않아, 무당파에서 온 젊은 장로 청곤의 사망 소식이 알려졌다.

아직 공표하지는 않았지만, 나중에 알게 될 것이니 이후 무림맹의 사기가 하락할 것은 안 봐도 뻔한 일이다.

그리고 또 한 가지, 청해분타주 연미의 일이다.

"흥! 어떤 배신자 때문에 청해를 포기하게 생겼군!"

창허자가 가시 돋친 어투로 말하더니 한쪽 구석에 앉은 어떤 인물을 쏘아봤다.

"끄응!"

평소 같았더라면 성질을 내고도 남을 만한 황개가 아무런 반박을 하지 못하고 불편한 기색을 보였다.

"그만하세요, 창허자 장로. 그녀가 맹, 나아가 정파 무림을 배신한 것은 황개 장로나 개방의 탓이 아니에요."

아미파 장로, 수화사태가 창허자에게 핀잔을 주었다.

"하지만 창허자 장로의 말이 아주 틀린 것은 아니오. 듣자 하니 그 배신자는 마교에 정보를 모두 팔아넘기고, 그뿐만 아니라 청해 지부에 알려진 정보를 모두 조작했다고 했소."

사천당가의 장로, 당거종이 찌푸린 인상으로 그 점을 지적했다.

청해분타주였던 연미는 마교도가 되기 위해서 복인홍과 더불어 마교에게 자신이 알고 있는 바에 대해 모두 다 정보를 넘겼다.

즉, 청해지부에 대한 무림맹의 약점이나 상황을 비롯하여 주요인물이나 작전 지역 등을 모두 넘기게 됐으니 지금까지 짠 전략이 모두 쓸모없게 됐다.

적에게 모든 정보가 알려진 것도 모자라서 청해 땅에 정파가 공유하고 있던 정보가 모두 조작된 것이니, 그곳에서 싸우는 건 맨몸으로 날 죽여 달라고 알리는 꼴이었다.

비록 청해가 중원 밖 변방에 위치해 있다곤 하나, 그래도 엄연히 최전선에 속하는 곳이다.

구파일방 중에서 곤륜파도 있으며, 명망 높은 도가장도 있는 땅을 이렇게 쉽게 포기해야하나 싶었다.

"참모 생각은 어떻소?"

지무악이 제갈문을 슬쩍 살피며 자문을 구했다.

"고민할 필요도 없습니다. 청해를 포기하고, 곤륜파와 도가장 등 정파 세력을 모두 퇴각시켜야 한다고 우문독패에게 하루라도 빨리 알려야합니다."

"마교의 습격을 코앞에 두고 퇴각이라니! 지금 우리보고 겁쟁이처럼 도망치라는 건가!"

성질 급하기로 소문난 팽련호가 소리를 꽥 질렀다.

그 눈동자는 분노로 활활 타오르고 있었다.

그렇지 않아도 정파는 명예에 죽고 명예에 사는 단체다.

숙적인 마교를 앞에 두고, 도망치라고 한다는 것은 그들에게 있어 크게 자존심이 상하는 일이었다.

"도망이 아니라, 전략적 후퇴입니다. 적에게 모든 정보가 알려져 있는 상태에서 싸우는 것은 자살 행위나 다름없습니다."

제갈문이 팽련호의 외침에 냉정하게 답했다.

"아미타불. 하지만 마(魔)를 두려워할 수는 없습니다."

소림사의 원종대사가 탐탁지 않은 목소리로 반대했다.

"원종대사님 말씀 대로입니다."

"나도 동의하는 바요."

수화사태, 창허자도 동의하였다.

"난 반대요. 상식적으로 생각해서 청해에 남아 수비를 한다 하여도, 남는 것이 없소. 반드시 필패요."

당거종은 제갈문의 의견에 손을 들어주었다.

장로 중 남은 한 사람, 황개는 입장이 입장인지라 별말을 하지 않고 조용히 당거종 다음으로 손을 들었다.

이걸로 퇴각하는 것에 동의가 셋, 반대가 넷이었다.

참모와 장로진의 시선이 지무악에게로 옮겨졌다.

"······나 역시 참모의 의견에 따르겠소."

"끄응!"

지무악이 최종적 결정을 내리자, 퇴각에 반대한 네 명이 앓는 소리를 내며 탐탁지 않은 모습을 보였다.

반대가 압도적으로 많았으면 모를까, 이렇게 서로 의견이 비슷할 경우는 보통 무림맹주의 의견을 따르는 법이었다. 즉, 정파 무림은 청해에서 벗어나기로 결정 났다.

"어차피 신강에서 그 많은 인원들이 청해에 도착하려면 두 달 정도 걸리니 조급해할 필요는 없소. 그러니 차라리 청해에 있는 전력을 뒤로 밀려서, 감숙(甘肅)이나 사천(四

川) 땅에 그 힘을 더하는 게 좋을 거요."

마교가 중원 무림을 침공할 때 그 경로는 비슷했다.

일단 신강에서 제일 먼저 청해를 정복한다. 그 뒤로는 감숙이나 사천으로 전력을 분산시키거나, 혹은 한 곳에 집중하여 공격하기 마련이다.

즉, 감숙과 사천은 제이차 전선이라는 의미였다.

지무악을 이를 생각하고, 결과가 정해진 싸움을 하는 것보다는 차라리 퇴각을 해서 보다 승률을 높이는 게 좋을 것이라 생각하였다.

"자자, 상황이 안 좋기는 하나 그래도 아주 나쁜 소식만 있는 것은 아니오. 듣자 하니 소식에 의하면 이번 우리 정파에서 서른도 되지 않은 화경의 고수가 등장했다 하지 않았소?"

"음."

확실히 이번 청해지부 습격 사건은 무림맹에게 크게 충격적인 일이었고, 여러모로 사기를 저하시키는 사건이긴 했으나 확실히 나쁜 일만 있는 건 아니었다.

좋은 소식 역시 몇 가지 있었고, 그중 제일 첫 번째를 꼽자면 단연 마교의 사대호법 중 하나인 북사호법 복인흥을 포로로 잡은 것이다.

북사호법 복인흥!

비록 사대호법 중에서 무력은 약한 편에 들어가긴 하나, 정파 입장에서 그 가치는 사대호법 중에서도 제일 높은 거물 중의 거물이다.

알다시피 마교는 무뇌 집단이라 불릴 정도로, 힘이 곧 정의라는 교리를 내세우는 종교이다.

특히 우두머리인 교주만 봐도 알 수 있다. 천마는 어떠한 전략도 필요 없으며, 힘만으로 모든 걸 지배할 수 있다고 생각한다. 교도들은 그런 천마를 받들어 모시며 따랐다.

하지만 그렇다고 마교에 전부 머리를 안 쓰는 마인들만 있는 것도 아니었다.

천마가 폐관 수련을 하고, 전권을 넘겨받은 받은 부교주 노굉이 대표적으로 있었고, 그다음이 바로 복인홍이었다.

특히 복인홍은 개개인 무력을 연공하지 않고, 일생을 강시술법에 매진했기 때문에 남들보다 이론이나 연구에 집중하여 사고방식과 지능 수치 등이 높은 편에 속했다.

실제로 복인홍은 강시 대법을 연공하는 외에, 마교도를 지휘하거나 혹은 두뇌로서 종종 마교 수뇌부에게 조언을 주곤 했다.

즉, 부교주만큼 마교에 대해서 알고 있는 인물을 산 채로 포로로 잡았으니 그 공적은 실로 헤아릴 수 없을 정도로 컸다.

"게다가 그 북사호법을 제압한 자가 서른도 되지 않은 나이에 화경에 오른 후기지수라는 거요."

만약 이 자리에 청곤이 있었더라면 매우 흡족하고 뿌듯한 웃음을 보이며 자부심 어린 표정을 지었을 것이다.

새롭게 등장한 화경의 고수의 정체가 무당파의 사대제자인 진양이었기 때문이었다.

"금위사범 진양! 그 명성은 예전부터 듣긴 했으나, 설마 그 이른 나이에 화경에 오를 줄은 상상하지 못했소."

당거종이 두 눈을 크게 뜨고 놀란 기색을 보였다.

다른 장로들도 별반 다를 것 없는 모습이었다. 화경이라면 무림을 통틀어도 몇 없는, 강기를 발현할 수 있는 고수의 경지다.

비록 무림팔존이나 혹은 그 아래의 절세고수들과 비교할 수는 없지만 그래도 구파일방조차에서도 몇 없는 수준의 경지라 할 수 있었다.

하지만 화경은 아무나 되는 것이 아니다.

천재가 아니라면, 아니 설사 천재라고 해도 운과 피나는 노력, 그리고 오랜 시간이 아니라면 오를 수 없는 경지다.

고금 이래 최연소로 화경에 도달한 나이는 마흔 살.

즉, 진양은 고금 이래 최연소로 화경에 올랐다는 의미였으니 — 미래가 참으로 기대되는 젊은이였다.

그렇지 않아도 용봉비무대회 때부터 태극권협으로서 많은 무인들을 구해 주고, 나아가 역시 고금 이래 거의 최초로 관부와 연결되어 그 이름 높은 금위군의 사범으로서 정파에서 모르는 사람이 없는 사람이 됐다.

　근데 그것도 모자라 화경의 고수가 됐으니, 주목을 받는 것도 당연한 일이었다.

　다만, 안타깝게도 진양이 화경의 고수라는 것은 생각보다 많이 알려지지 못했다.

　청해에서 벌어진 일이 너무 충격적이었기 때문에 조금 묻힌 감이 있었다.

　무당제일검 청곤과 일차 조사대의 전멸, 포로가 된 복인홍, 맹과 정파 무림을 배신한 개방의 청해분타주 연미, 마지막으로 정마대전이 발발한 것 등의 소식 때문이었다.

　참고로, 이 소식을 듣자마자 무림맹 수뇌부는 고민하지 않고 곧바로 청해 땅에 정마대전의 시작을 알리는 서신을 보내서 경계를 정비하고 조심하라고 알렸다.

　이제부터는 사소한 것 하나하나 아끼지 않고 전서를 보내고 전쟁이 어떻게 돌아가는지 파악하고 발 빠르게 움직여야했으니까 말이다.

　"확실히 무당의 미래가 밝아서 다행입니다. 청곤 장로의 사망 소식으로 인해 침체되면 어쩌나 싶었는데……."

제갈문이 약간 안도한 목소리로 중얼거렸다.

무당파와 제갈세가는 예로부터 사이가 제법 돈독한 편이었다. 같은 호북 땅에 위치하기도 했고, 경쟁하는 사이인 구파일방이나 오대세가가 아닌 덕분이었다.

그뿐만이 아니라, 제갈세가는 예전부터 비록 정파에 속하긴 했지만 무가(武家)이면서도 무공이 아니라, 진법 등 머리 쓰는 일에 접목되어 있다는 이유만으로 다른 문파나 오대세가에 비해 무인이 아니라며 조금 무시 받는 경향이 있었던 적이 있었다.

하지만 과거 당시에도 무당파는 무도(武道)뿐만 아니라, 정도라면 대부분 그걸 존중하고 받아들이는 편인지라 제갈세가가 갈고 닦은 길을 다른 정파에 비해서 진심으로 존중해 주고 인정했다.

물론 지금이야 세월이 흘러 제갈세가가 무림맹 대대로 참모 역할을 하고, 여러모로 두뇌로서 정파에 빠질 수 없는 공을 세운 덕분에 어딜 가서도 대접을 받았지만 예전에는 좋지 않은 대접을 받은 적이 있었다.

그때 거의 유일하게 무당파가 제갈세가를 무시하지 않은 덕분에, 이 두 단체는 유난히 친한 관계를 계속해서 유지할 수 있었다.

"흥! 직접 두 눈으로 보지도 않았는데, 정말 화경의 고수가 맞는 건 하는 거요?"

하지만 그때, 진양에 대해 의문을 품은 자가 있었다.

바로 종남파 장로 창허자였다.

창허자는 몹시 불쾌한 인상으로 이죽거렸다.

"내 듣자 하니 그 자리에는 무당파 장로 선응 진인과 도가장의 일도양단도 있다 하였소. 혹시 그 둘이 처리하고, 사기를 높이기 위해서 거짓을 고한 거 아니요?"

무당파와 제갈세가가 사이가 좋은 편인 반면, 무당과 종남의 관계는 그다지 좋지만은 않았다.

아니, 굳이 종남이 아니어도 대부분 도가 문파는 무당파를 그렇게까지 호의적으로 보이지 않았다.

세간의 의식 중에서, 도가 무학의 일인자를 꼽으라면 대부분 무당을 말한다.

그렇지 않아도 구파일방은 서로 경쟁하기 때문에, 그 안에 속한 도가 문파들은 모두 무당파를 언젠가 뛰어넘어야 하는 존재로 인식하였다. 특히 혈기가 넘치던 젊은 시절에는 하루가 멀다 하고 무당파 제자들과 자주 무공을 겨루면서 누가 뛰어난지 비무를 한 적이 있었다.

이후 나이를 먹고, 그때의 시기와 악감정이 남아 있는 이들도 종종 있었는데 그중 한 명이 바로 창허자였다.

그렇지 않아도 이번 이차 조사대에서도 종남파의 기대

주인 쇄월검자 소추산이 인원으로 참가해 있었다.

창허자는 본파의 후기지수가 무당파의 신진 고수의 등장으로 인해 활약성이 묻힌 것을 탐탁지 않게 여겼다.

또한, 그뿐만이 아니라 창허자는 한참이나 어린 나이에 그것도 무당파 제자가 화경의 경지에 오른 것을 도저히 믿을 수가 없었다. 아니, 정확히는 믿고 싶지 않았다.

"어쩌면 그냥 소문만 무성할 뿐일지도 모르는 일이요. 원래 강호의 소문이란 것은 부풀려지기 마련이지 않소?"

인간은 상식 외에 일이 벌어지면 가끔 이를 기분 탓이나, 피곤함이라 생각하고 부정하며 회피하기 마련이다.

창허자가 신뢰하지 못하는 것도 아주 이상한 것은 아니었다.

이 자리에 있는 무인들 모두 화경이 얼마나 도달하기 어려운 경지인 걸 알고 있다.

마흔이 넘어서 화경에 올라도 빠르거늘, 그걸 아직 이십 대밖에 되지 않은 청년이 그 업적을 갈아치웠으니 도무지 믿기지 않으리라.

눈앞에 믿을 수 없는 일이 벌어져도 믿지 않는 인간이니, 듣는 것만으로는 역시 쉽게 인정할 수가 없었다.

"나도 솔직히 믿기 힘들군! 창허자 장로 말에 동의하는 바요."

이후 팽련호를 비롯하여 무림맹 수뇌부 다들 반신반의
하는 눈으로 믿지 못하는 기색을 보였다.

그걸 본 지무악은 골치가 아픈 듯, 이마를 손으로 꾹꾹
누르며 한숨을 푹 내쉬었다.

'설사 거짓이라 하여도, 우리 무림맹의 사기가 오르는
일이거늘 왜 이렇게 나오는지 정말 모르겠군. 이들이 우리
정파 무림을 걱정해서 나온 건지, 아니면 자파의 이익을
위해서 정치를 하러 온 건지 슬슬 헷갈리기 시작하구나.'

이렇게 되면 차라리 오십여 년 전에, 정사대전에서 신나
게 적을 도륙하던 시절이 낫지 않았을까 하고 생각하는 지
무악이었다.

"자자, 진실이 어떻건 거짓이 어떻건 그건 중요하지 않
습니다. 설사 화경이 아니라도, 그에 견주는 신진 고수의
등장이니 모두 축복해 줍시다. 또한, 이 소문이 알려진다
면 후에 사기가 높아질 테니 굳이 뭐라 하지 마십시오. 중
요한 건 그게 아니지 않습니까?"

결국 보다 못한 지무악이 무림맹주의 위엄을 담아 더 이
상 좋지 않은 소리를 하지 말라는 의도로 한소리 했다.

확실히 그 효과가 있는지 장로진에 묘하게 생성된 불편
한 분위기가 가라앉았다.

"그렇다면 참모. 지금까지의 회의를 알기 쉽게 종합해

주겠소?"

지무악이 제갈문에게 시선을 돌려 물었다.

좌중의 시선 역시 제갈문에게로 고정됐다.

제갈문은 머리를 한차례 끄덕이고, 차분한 목소리로 입을 열어 친절하게 설명했다.

"청해지부에 있는 정파 무림을 모두 감숙, 사천으로 각각 반으로 나눠서 퇴각시켜야 합니다. 다만 곤륜파와 도가장은 예로부터 마교라면 이를 가는 곳인지라, 조금 반발은 하겠지만 이번엔 사정이 특별하니 아마 승낙할 겁니다."

"그리고?"

"그 외에는 사도련이 위치한 남부 지방을 제외한 정파 세력 역시 약간의 수비 전력을 빼고는 감숙과 사천으로 집결시켜야 한다는 점입니다. 마교 본대가 전부 침공해 오는 것이니 저희도 전력을 다해야 합니다."

"음, 알겠소."

지무악이 이해했다는 듯 머리를 끄덕였다.

다른 장로진 역시 군말 없이 동의하였다.

팽련호가 여전히 퇴각하는 것에 불만이 있는 것 같았으나, 무림맹주의 결정이기 때문에 뭐라 할 수 없었다.

"또한, 황개 장로님께서는 개방에게 연락하여 연미 전분타주와 같은 불미스러운 일이 벌어지지 않도록 대대적으로 조사 좀 해 줬으면 하는 부탁이 있습니다. 정마대전 때문에 바쁘긴 하겠지만, 지나칠 수 없는 일이니 부탁드리겠습니다."

"끄응. 알겠소."

황개 장로가 불편한 얼굴로 승낙했다.

제갈문의 속뜻을 보자면 개방에 연미와 같이 또 다른 배신자가 있을지도 모르니, 조사해 달라는 것이었다.

개방에게 있어 이는 불명예스러운 일이었지만, 이미 선례가 있는데다가 상황이 중요하니 어쩔 수 없었다.

"그리고 마지막, 바로 북사호법의 처우입니다."

"북사호법?"

"예. 알다시피 북사호법은 마교에 대해서 누구보다도 더 잘 알고 있는 사람 중 하나입니다. 그런 그를 위험한 곳에 둘 수는 없겠지요. 전략적으로 이용할 수 있도록, 본단으로 데려와야 합니다."

"이해했소. 그건 내가 맡도록 하지."

당거종이 기다렸다는 듯이 손을 들었다.

"나도 동참하겠어요."

수화사태도 손을 들고 나섰다.

마교 본대가 청해를 지나서 가장 먼저 도착할 곳 중 하나가 바로 사천이다. 사천에는 당가와 아미파가 있다.

고향에서 전쟁이 벌어지고 가문이 그 최전선이 될 터이니, 당거종과 수화사태도 회의가 끝나자마자 사천으로 돌아가려했다.

　그렇게 정마대전에 대한 회의가 끝났다.

第二章

사천행로(四川行路)

무림맹에서 청해지부로 퇴각 명령이 떨어졌다.

당연한 이야기지만, 이 명령이 떨어지자마자 곤륜파와 도가장은 크게 반발하며 불만을 표했다.

신강 바로 앞, 청해에 살다 보니 두 단체는 역사상으로 마교와 접점이 많았으며 원한을 지은 것도 많았다.

그 원한이 얼마나 강하면, 아직 예닐곱 살도 되지 않은 아이들을 모아서 제일 먼저 '우리의 주적은 마교다.' 라며 경각심을 키우는 교육을 할 정도라 한다.

이를 예상했던 무림맹은 재차 전서응을 보내, 우문독패에게 사정을 설명하고 설득하라고 명했다.

우문독패는 한숨을 푹 내쉬며, 제일 먼저 청해지부에 남아 있는 도가장의 장주인 도기철에게 면담을 요청해 그를 필사적으로 설득했다.

"도 장주, 다시 한 번 생각해 주십시오."

"흥, 몇 번이나 말하지만 우리 도가장은 도망칠 수 없소. 만약 이 소식이 강호에 알려진다면, 우리 도가장은 마교에 겁을 먹고 도망쳤다며 비웃음거리가 될 거요."

"아무도 그렇지 않습니다. 말했다시피, 퇴각하는 것은 어쩔 수 없는 일입니다. 알다시피 개방의 배신자 때문에 청해에 대한 정보는 이미 마교에 알려져 있습니다. 이후 청해에 잔류하여 싸우는 것은 어리석은 행위입니다."

"끄응! 청해지부장께서 그렇게까지 말한다면……."

도기철도 바보는 아니다.

비록 하북팽가와 함께 머리에 든 것이 없는, 무식하게 힘만 쓰는 집단이라 평가받는 도가장이라 하여도 장주 자리에 앉으려면 어느 정도 통치력과 올바른 판단이 필요했다.

청해 땅에 있는 정파 세력이 모두 퇴각하게 된다면, 마교 침공 이후 어떻게 될지는 안 봐도 뻔한 일이었다.

용기와 만용은 다른 것처럼, 아무리 오만의 마교도에게 겁을 먹지 않았다 해도 이대로 싸운다는 것은 자살 행위일 뿐이었다. 도기철도 그걸 알기에 우문독패의 설득에 못 이기는 척 따르기로 했다.

곤륜파의 경우에는 도가장에 비해 조금 버벅거리는 감이 있었다.

구파일방에도 속하는 대문파인 곤륜파는 도가장과 비교하기 힘들 정도로 유구한 역사를 지니고 있다.

마교와 치고받은 전쟁 역시 그 깊이가 남달라 퇴각이라는 말에 매우 불편한 모습을 보였다.

이에 우문독패는 도기철을 설득한 것처럼, 청해분타주였던 연미의 이야기를 미끼로 삼아 곤륜의 장문인과 장로 등과 삼 일 밤낮으로 얘기하여 겨우겨우 설득하였다.

"퇴각이 아니라, 전략적 후퇴입니다. 바로 옆 지방으로 대대적으로 이동하여 다른 문파와 함께 연합으로 싸우자는 겁니다. 맹주님과 참모님이 이 말을 꼭 전해 달라 하였습니다."

"흠흠! 그 두 사람이 이렇게까지 부탁한다면 어쩔 수 없구려. 알았소."

개방도, 아니 배신자 연미가 비록 정파 무림에게 치명적인 일격을 주긴 했지만 아주 나쁜 건 아니었다.

그녀 덕분에 쉽게 순응할 수 있는 명분을 줘서 전략적 후퇴라는 이름과 함께 퇴각으로 이끌어낼 수 있었다.

곤륜파는 최대한 빨리 준비하여 '전략적 후퇴'를 하겠다며 무림맹에게 답변했다.

　다만 그 기간은 한 달 정도 걸릴 것 같다 하였다. 아무리 바로 인근에 있는 지방이라고 해도, 곤륜파 정도 되는 대인원을 한꺼번에 움직이기엔 여러 가지 준비할 것도 많고 시간도 많다.

　"그리고, 전략적 후퇴를 하는데 있어 들어가는 돈과 식량이 보통이 아니오. 그러니 지원 좀 해 주셨으면 좋겠소."

　또한, 곤륜파의 전략적 후퇴에 들어가는 군자금과 군량은 무림맹에서 어느 정도 지원하기로 약속했다.

　돈이 상당히 들긴 했지만, 지원하지 않기로 하면 곤륜파는 퇴각하지 않을 것이고 그렇게 되면 구파일방이나 되는 전력을 썩히게 두는 것이니 어쩔 수 없는 일이었다.

　참고로, 이 일 이후 청해지부장 우문독패의 위치는 무림맹에서 상승하게 된다.

　비록 배신자 때문에 정보가 모두 알려졌다는 최고의 명분 거리가 있었다 해도, 곤륜파와 도가장 등을 기분 나쁘지 않게 설득하는 언변과 태도하며 빠른 판단과 지도력을 인정받은 것이다.

　이후, 곤륜파와 도가장을 대표로 하여 중소문파 등 청해 땅의 다른 정파 세력도 감숙, 사천으로 퇴각한다.

허나, 도중에 문제가 하나 생기게 되는데, 청해의 퇴각지 (退却地)이자 이후 정마대전의 최전선이 될 감숙성에서 자리를 잡고 오랫동안 활동을 한 공동파(空同派) 때문이었다.

구파일방 중에서 한 축을 맡고 있는 공동파에 대해서 조금 설명하자면 이렇다.

공동산(空同山)에는 예로부터 동굴이 많고 정기(精氣)가 수려하여 많은 도인(道人)들이 머물며 도를 닦거나, 무공을 수련하는 등 명산으로 유명했다.

그 많은 도인들은 각기 서로 다른 유파(流派)를 가지고 있었는데, 세월이 흘러 나중에 하나로 합쳐져 지금의 공동파가 된다.

다만 이로 인해 자연히 공동파는 온갖 다양한 성향을 가지는 문파가 됐다.

예전에는 마(魔)를 제외한 정사(正邪)가 함께 어울렸으나 나중에는 점차 정파(正派)의 성향을 띠게 되어 명문정파(名門正派)로서 인정을 받게 되었다.

다만 가끔씩 초기의 이념이 아직도 남아 있어, 정파와 사파의 중간이라는 말도 종종 받기도 하는 해괴한 단체이기도 했다.

어쨌거나, 이 공동파는 무림맹에서 청해의 정파 세력이 감숙으로 퇴각하니 그들과 함께 협력하여 마교 본대를 막아내라는 명령을 받자마자 이를 단호하게 거부한다.

생각지도 못한 상황이 벌어지자, 무림맹은 당황하여 다시 전서응을 통해 우문독패가 말했던 것처럼 여러 가지 사정을 들먹이면서 설득을 시도했다.

무림맹 감숙지부장 역시 두 발 벗고 나서서 직접 공동파의 문을 두들기고 찾아가 갖은 노력을 했다.

하지만, 어떠한 말로 구슬려도 공동파의 태도는 완고했다. 그들은 고개를 좌우로 흔들며 답변했다.

"우리 공동과 감숙 땅에 있는 문파들은 오랫동안 서로 손발을 맞추면서 살아왔소. 이제 와서 아무리 같은 정파라 하지만, 감숙의 지리조차도 잘 모르는 사람들이 와봤자 방해만 될 뿐이오. 마교 본대의 습격은 우리가 알아서 처리할 테니 섬서 지방으로 퇴각하시오!"

"이런 미친 새끼들!"

답변을 듣자마자 제갈문은 목에 핏대를 세우며 크게 분개했다.

"정마대전이 터졌는데, 지금 공을 빼앗길 것이 아깝다고 이런 어이없는 짓을 저지르다니!"

공동파, 아니 나아가 감숙의 정파 세력의 답변은 참으로
답이 없었다.

손발이 안 맞는다거나 하는 답변은 변명일 뿐이다.

물론 평소 손발을 맞췄거나 호흡을 맞춘 사람들끼리 적
군을 상대하는 건 전술에서도 중요한 일이다.

하지만 그건 어디까지나 공동파에만 통용되는 말이다.

공동파야 하나의 단체이니, 연공법이나 합격진 등이 같
아 그럴 수도 있다. 하지만 감숙에 공동파만 하나 있는 것
도 아니고, 당연히 그밖에 중소문파도 있다.

아무리 같은 정도 계열의 무공을 익혔다 해도, 서로 각
기 다른 문파가 평소에도 하나의 단체처럼 수련하고 움직
일 수 있다는 건 불가능한 일이다. 오랫동안 훈련이 있었
다면 또 모를까, 그것이 아니니 속이 뻔히 보였다.

"예전부터 공동파가 공에 눈이 먼 것은 알고 있었지만
설마 이 정도일 줄은 몰랐구나!"

감숙의 정파 세력의 거절 건에는 분명 공동파가 뒤에서
야욕을 드러내며 이를 조종했을 것이 틀림없었다.

이 땅에 구파일방 정도 되는 규모의 무력 단체는 공동파
밖에 없는지라, 감숙에서 떨치는 영향은 압도적이다.

비록 공동파에 직속 산하에 있는 건 아니나, 공동파 눈
치를 안 볼 수 없이 중소문파들의 입장이니 은근히 압박을

가하면 거절할 수 없었을 터다.

또한, 굳이 강압적이지 않아도 공동파가 뒤에서 그들에게 '공을 모두 차지할 수 있다. 어차피 마교는 오랫동안 강호 활동을 하지 않았으니, 분명 약할 것이다.' 라며 달콤한 말로 꼬드겼을 확률이 높았다.

*   *   *

이제 막 청해를 떠나, 감숙과 사천으로 갈라지는 장소에 있던 퇴각대에게도 이 소식이 알려진다.

우문독패는 후, 하고 무거운 한숨을 내쉬며 회의에 참석한 이들에게 사정을 설명했다.

그걸 들은 대다수 사람들은 하도 어이가 없는지, 분노를 표출하지도 않고 헛웃음을 내뱉었다.

'정신이 나간건가? 공동파와 감숙에 있는 정파 세력을 무시하는 건 아니야. 하지만 일부러 아무런 소비도 하지 않은 전력을 뒤로 빼고, 지들끼리 싸우겠다니!'

진양이 공동파를 비롯한 감숙의 정파 세력의 의견을 속으로 곱씹으면서 혀를 찼다.

정마대전이 터진 지금 이 상황에서 사욕을 채우겠다며 나오는 이들을 보니 혹시 농담은 아닐까 의심이 됐다.

그만큼 적지 않은 충격을 먹은 진양이었다.

"일단, 원래 목적인 감숙이 바로 옆 지방인 섬서로 바뀌었을 뿐이지 경로 자체는 바뀌지 않았습니다. 그래서 이제 슬슬 반으로 나눠 어디로 갈지 결정하려 합니다. 곤륜파의 경우는 섬서로 향한답니다."

목적지 중 하나인 사천에는 이미 구파일방 중에서 이파(二派)인 아미와 청성이 있을 뿐만 아니라 오대세가 중 독과 암기로 유명한 사천당가가 있다.

그 외에도 중소문파도 있어, 전력 자체는 충분하니 인원과 세력이 제일 큰 곤륜파와 그 일대의 정파인들은 감숙에서 합류하기로 했다. 물론 공동파 때문에 이제는 섬서로 가겠지만 말이다.

"흥! 그럼 도가장은 사천으로 가겠소! 지리적으로 청해와 가깝고, 감숙의 그 재수 없는 것들을 보긴 싫으니까."

도기철이 대놓고 질색하며 먼저 목적지를 정했다.

성질이 불같고, 겉과 속이 별로 다를 것 없는 성질로 유명한 일도양단답게 수긍이 가는 연유였다.

그걸 본 선응도 도기철과 같은 의견을 꺼냈다.

"우리 무당도 사천 땅으로 가겠소."

무림맹에 파견된 무당의 장로이자, 나름 정신적인 지주이기도 했던 청곤의 사망으로 인해 사대제자들은 대부분 마교도에 대한 악감정이 극으로 치솟았다.

특히 진성이 대표로, 이를 부득부득 갈면서 주변에서 말리지 않았다면 당장이라도 신강으로 목적지를 변경했을 것이다.

만약 지금 상황에서 여러모로 기분이 더러워질 것 같은 감숙을 지나치게 된다면, 그 화가 폭발할지도 모르니 차라리 사천으로 가서 바로 근접해오는 마교도를 상대로 화를 푸는 것이 낫다고 생각한 선응이었다.

"그럼 우리는……."

그 외에 청해로 파견됐던 다른 구파일방이나, 오대세가, 무림맹 소속의 무사들이나 중소문파 등이 적절히 분배하여 섬서나 사천으로 목적지를 정했다.

'사천이라…….'

마침 사천에 작은 인연이 있던 진양도 속으로는 섬서보다는 사천으로 가기를 원했던지라 꽤나 기뻤다.

'송 아저씨와 송화를 볼 수 있으려나?'

과거, 청솔의 벗이었던 송직모의 도움을 해결하기 위해서 사천에 있는 진미객점을 찾은 적이 있었다.

송직모의 딸이었던 송화와 친해지고, 이후 피는 이어지지 않았지만 의남매처럼 친해졌다.

무당산에 있을 때나, 혹은 북경에 있을 적에 서신을 교환하면서 안부도 물어보고 그랬기에 그렇지 않아도 시간만 있다면 사천에 가려 했던 진양이었다.

* * *

여정은 제법 길었지만, 지루하지는 않았다. 사천까지 거리가 상당하긴 했으나 숨 한번 제대로 쉬지 못할 정도로 멈추지 않고 이동했기 때문이었다.

딱히 사기라거나 훈련 같은 것이 아니고, 마교가 바로 뒤까지 추격해 왔을지도 모른다는 생각에 자연스레 발이 빨라졌다.

한편, 청해에 있던 부대가 사천과 감숙으로 후퇴하는 동안 무림맹은 마교를 예의 주시하고 있었는데, 그 움직임에 이상함이 잡혔다.

"느리다."

정마대전 채비를 끝내고 신강에서 떠난 마교의 본대.

그러나 그 속도는 하품이 나올 정도로 무척 느릿했다.

확실히 본대인 만큼, 인원수가 몇 만인지라 행군 속도가 늦긴 해도 그걸 감안해도 너무 늦지 않나 싶었다.

이에 무림맹은 다시 한 번 회의를 열어 입을 맞췄다.

"어떻게 생각하오?"

"아무리 놈들이 뇌도 근육으로 밖에 되지 않지만, 그래도 마교는 마교요. 무슨 음모가 있지 않겠소?"

"흠, 이렇게 늦는 데 차라리 양측에서 함께 공격해버리는 건 어떻소?"

누군가 차라리 선제공격이 어떻겠냐는 의견을 꺼냈다.

"그게 가능했다면 사천과 감숙에 정파 세력을 나눠서 배치했을 겁니다."

제갈문이 나지막이 한숨을 내쉬었다.

"하아……."

무림맹 수뇌부에서 한숨이 튀어나왔다.

현재 공동파를 대표로 하여 감숙 일대의 정파 세력은 모두 무림맹 및 여타 정파의 도움을 거부하고 있다.

아니, 도움의 거부를 넘어서 웬만하면 감숙 땅에 오지 말라며 대놓고 축객령을 내고 있었다.

마교의 침공을 감숙 땅에서 막아 내고, 모든 공을 독차지 하고 싶어서 그렇다.

아무리 공이 좋다고 해도 전쟁 상황에서 그런 어리석은 생각을 하다니, 솔직히 농담이 아닐까 싶을 정도였다.

고민과 짜증은 날이 갈수록 깊어만 갔다.

사천, 성도.

청해에서 떠난 무림맹 부대 중 절반은 긴 여정 끝에 사천에 도착했다.

그 압도적인 인원수에, 사천에 남아 있던 사파들은 죄다 꽁지 빠지게 도망쳤으며 건달 등 하류잡배들도 목을 자라처럼 움츠리며 모습을 감췄다.

이에 사천 성도, 아니 사천 전체는 치안이 높아졌다며 좋아할 만했지만 아쉽게도 기뻐할 수만은 없었다.

정마대전에 대한 소식이 이미 일파만파로 퍼진 덕분에, 다들 하나같이 불안해하고 있었다.

이 불안과 공포를 이기지 못하는 몇몇 사람들은 사천을 떠나도 하였다.

아무리 관군이 건재하며, 그들이 주시하기 때문에 무림인들이 일반 백성은 건들지 못한다고 해도 혹시 모른다. 재수 없어서 전쟁에 휘말려 죽을지도 모른다는 가능성에 도주를 택하는 것이다.

단, 많은 무림인들이 사천으로 모이는 것을 싫어하거나 무서워하는 사람들만 있는 건 아니었다.

그중에는 종종 이 상황을 반기는 이들도 있었는데, 바로 상인들이었다.

특히 객점이나 객잔의 경우는 큰 호사를 누렸다. 수많은 인원이 사천에 몰리다 보니, 여장을 풀 장소를 찾는 사람들 덕분에 빈 방 하나 없이 객점이나 객잔은 대박을 쳤다.

솔직히 귓방망이 맞을 정도로 바가지를 씌워도 무림인은 어쩔 수 없다는 듯이 돈을 내는 덕분에 돈이 든 주머니가 든든해졌다.

도둑이나 강도를 걱정할 필요도 없었다. 이렇게까지 무림인들이 많이 몰려들었는데 정신이 나가지 않는 이상 강도짓을 할 사람이 있을 리 없었다.

한편, 과거에 황궁에서 숙수로 지냈던 송직모 역시 평소와는 비교도 할 수 없을 만큼 무척 바빴다.

아니, 굳이 사천에 무림인이 대거로 오지 않아도 송직모의 진미객점은 워낙 맛 집으로 소문나서 자리가 잘 나지 않는다. 헌데, 거기에 사람이 더욱 많이 몰리다보니 이젠 폭발할 정도였다.

"으으, 사람이 너무 많아서 짜증 나는군. 그나저나 아까 재수 없는 무림인 몇 명이 우리 송화에 대한 소문을 듣고 애들에게 계속 묻던데…… 이만 장사를 접어야 하나?"

송직모 역시 바쁘지만, 점소이는 그야말로 살아 있는 지옥을 맛보고 있었다.

그렇지 않아도 끝없는 주문 요청 등으로 바빠서 죽을 것 같은데, 송화의 미모에 대한 소문을 들은 몇몇 무림인들이 관심을 보이며 점소이를 붙잡고 말을 걸기 시작한 것이다.

만약 무림인들이 그저 그런 왈패라면 점소이도 송직모와 진미객점을 호위하고 있는 무림인들을 믿고 무시했겠지만, 애석하게도 그럴 수 있는 상황이 아니었다.

얼마 전부터 몰려든 무림인들의 수준은 하나같이 최소이류에서 일류. 평소에 많던 삼류 무사들이 희귀할 정도로 이상한 관경이 벌어졌다.

딸이라면 껌뻑 죽는 송직모 입장에선 그다지 달갑지 않은 소식이었다.

그렇게, 가게 문을 이만 닫을까 고민하고 있을 때.

"송 아저씨, 그동안 잘 지내셨어요?"

"아니, 너는……."

*   *   *

"허, 정말 오랜만이구나. 그동안 잘 지냈느냐?"

송직모는 반가운 얼굴로 은인이자 친우의 제자를 환영했다. 그 얼굴을 본 진양은 부드럽게 웃으면서 머리를 한차례 끄덕였다.

"예. 송 아저씨도 그동안 잘 지내셨어요?"

"아까 말했던 것처럼 잘 지냈다. 네 덕분에 사천에서 제대로 자리도 잡았고, 열심히 한 덕분에 이젠 사천에서 제일가는 객점으로 유명하단다. 벌써 분점도 여럿 냈고."

덕분에 일반 백성들 사이에서는 사천제일숙수라는 무림인을 연상시키는 별호까지 꼬리표로 붙어 다닐 정도였다.

"아, 그건 들었습니다. 최근에는 일이 많아 못 했지만, 북경에 있을 적에 송 매와 서신을 교환하며 들었습니다."

송 매라는 말에 송직모의 눈썹이 꿈틀거렸다.

'끄응. 마음 같아선 이놈에게 펄펄 끓는 기름을 퍼부어야 하지만…….'

대놓고 말하자면, 송직모는 진양이 무척 불편했다.

송직모에게 있어 진양은 은인이나 마찬가지다. 운 나쁘게 삼류 건달들에게 찍히고, 그로 인해 사천에서 자리 잡기 위해 전 재산을 투자한 것이 억울하게 모두 없어질 뻔했다.

하지만 무당파의 친구에게 도움을 요청해서 다행히 구사일생할 수 있었고, 그 건달들에게 끌려갈 뻔했던 하나밖에 없는 딸도 무사할 수 있었다.

만약, 여기서 별다른 일이 벌어지지 않고 그냥 지나갔다면 송직모도 진양을 귀하게 대접했을지 모른다.

그러나 진양이 떠난 직후 자신의 딸인 송화가 진양을 무척 마음에 들어 했으며 그 이후로도 서신을 교환하는 등의 친근함을 자랑했다.

딸을 적어도 서른까지는 시집보내기 싫은 팔불출 아버지인 송직모 입장에선 배알이 뒤틀리는 상황이었다.

다만 진양이 은인이기도 하고, 딸인 송화도 진양을 마음에 들어 하며 진양 자체도 인성이 나쁘지 않아서 뭐라 심하게 대할 수가 없었다.

그 덕분에 이렇게 애매하게 불편한 관계가 됐다.

"송 아저씨."

"음?"

"저도 풍류를 즐기면서 오랜만에 송 아저씨의 요리를 맛보고 싶지만 아무래도 그건 무리일 것 같네요."

진양이 쓰게 웃으면서 표정을 딱딱하게 굳혔다. 그러자 송직모도 무언가 느꼈는지 살짝 불안감 어린 눈으로 진양과 마주 본 채 입을 달싹였다.

"정마대전 때문인가?"

"네. 송 아저씨 말씀대로예요. 언제가 될지는 모르지만 사천이 전쟁터가 되는 건 시간문제예요."

"나도 그게 무슨 뜻인지는 안다. 그렇지만, 내가 알기로 무림인들끼리 싸울 때는 일반 백성은 건드리지 않는 걸로 알고 있는데……?"

송직모도 무림에 대해서는 나름대로 알고 있었다. 비록 그 지식이 옅긴 했지만, 그래도 대충이나마 최소한의 법칙

정도는 알고 있었다.

"정사대전이라면, 송 아저씨 말이 맞을 거예요."

아무리 사파라고 해도, 그들이 죄 없는 백성까지 건드는 마두 같은 놈들은 아니다.

물론 삼류 건달 같은 놈들이 백성들을 납치하거나, 혹은 돈을 빼앗는 등의 행위를 하긴 하지만 그게 관부가 움직일 정도로 심각하게 변질되지는 않는다. 살인 역시 신경이 쓰여서 하지 않는 편이다.

관부의 눈치도 그렇지만, 사도련을 이끄는 사도련주의 경우는 진정한 정복을 원한다.

아무리 무림이라 하여도, 나름대로 백성의 민심이 필요하다.

즉, 힘으로 인한 정벌이 아니라 제대로 된 정치라는 의미였다.

아무리 무림이라 하여도, 백성을 무시하여 소문이 잘못될 경우 관부에게 탄압을 받을지도 모르는 일이다.

"마교는 그러지 않는다는 겐가? 미안하지만, 난 마교에 대해서 잘 몰라서 말임세."

사실 송직모가 정사대전에 대해서까지 알고 있는 것 자체가 신기한 편이었다.

금의위나 관병들조차도 무공을 배우지만 정작 무림에

대해서 아는 건 그렇게까지 크게 없다.

송직모의 경우, 무림인 친구인 청솔의 말과 진미객점에서 일하면서 몇몇 무림인들에게 주워들은 정도다.

"마교의 무서움 중 하나가, 바로 비뚤어진 인성입니다. 그들이 익힌 마공은 사람의 포악성을 말도 안 될 정도로 길러줘요. 아마 전쟁이 벌어진다면 일반 백성들도 위험해질……."

"오라버니!"

그때, 문이 덜컥 열리며 반가운 얼굴이 들어왔다.

송직모의 딸, 송화였다.

급히 뛰어왔는지 땀범벅인데다가, 숨이 찬지 불그스름해진 얼굴로 숨을 거세게 내뱉고 있었다.

그 모습이 왠지 모르게 야해서, 만약 이 자리에 다른 남정네들이 있었다면 가슴을 쥐어 잡고 탄성을 내질렀을 것이다.

"잘 지내셨는지요, 송 소저?"

"오라버니도 차암."

송 소저라는 호칭에 송화가 살짝 토라진 표정을 지었다.

"하하하."

진양은 짓궂게 웃으면서 뒤통수를 긁적였다.

"가만 보면 오라버니는 짓궂은 점이 많은 것 같아요. 게다가 사천에 오셨는데 저희 아버님부터 보러 오시고…….
혹시 제가 보고 싶지 않았던 건가요?"

송화는 손가락을 맞대고 꼼지락거리며 물었다.

'여전히 송화는 귀엽네.'

자신의 주변에 있는 여인들은 대부분 연상인 데다가 무
림인이다 보니 대부분 기가 세고 당찬 부류밖에 없었다.

그 때문인지 왠지 모르게 송화가 다른 여인들보다 특별
하게 느껴졌다. 물론, 이건 이성으로서의 감성은 결코 아
니고, 그냥 여동생을 가진 기분 때문이다.

"그럴 리가. 송화를 볼 생각에 어제부터 잠도 못 잤을
정도야."

"후후후. 그렇게 말씀하시니 특별히 봐드릴게요."

송화는 소매로 입가를 가리고 쿡쿡 웃었다.

그 모습이 다른 때와 달리 무척이나 기뻐 보였다.

"크, 크흠!"

한편, 왠지 모르게 소외감을 느낀 송직모가 일부러 들으
라는 듯이 헛기침을 했다.

"앗, 이런. 송 아저씨, 죄송해요."

진양이 진심으로 미안해하면서 사과했다.

송직모의 경우, 아무래도 자신보다 나이도 많은 어르신
이기도 하고 존경하는 사부님의 벗이다 보니 그의 앞에서

무례를 범하고 싶지 않았다.

"아니야, 난 괜찮다."

말은 그래도 기분이 언짢은 내색을 보이는 송직모였다.

그런 송직모의 이상함을 귀신같이 눈치챈 송화는 얼른 아버지의 곁으로 다가가 걱정스러운 목소리로 물었다.

"아버님, 제가 너무 들뜬 나머지 철없게 굴었어요. 혹시 저 때문에 기분 상하신 건 아니죠……?"

하나밖에 없는 딸, 그것도 웬만한 여성들보다 아름다운 송화가 자신의 팔을 붙잡은 채 눈을 치켜뜨고 글썽인다면 넘어가지 않는 아비가 어디 있을까?

"허허허! 에이, 내가 설마 그럴 리 있겠느냐! 이 아비를 뭐로 보고! 허허허헛!"

송직모는 금세 헤벌쭉한 얼굴로 송화에게 넘어갔다.

그 모습을 보면서 진양은 속으로 혀를 내둘렀다.

'송화의 정말 무서운 점은, 가식적이지 않다는 거야.'

부모님에게 무엇을 원해서 가식을 떨며 비위를 맞추는 것과는 차원이 다르다.

송화는 누가 봐도 심성이 착하고 여린 아이다.

아버지가 기분이 상한 걸 보고 자신의 실수라고 깨닫고 진심으로 슬퍼하고 걱정했다.

근데 이 감정에는 단 하나의 거짓이나 가식 하나 없었

고, 모두 진심으로 우러나오는 감정에 의해서였다.

결코 딸의 입장으로서 아버지의 마음을 이용하지 않고, 천연으로 그 마음을 녹이고 달래고 있으니 무섭다는 점이다.

송직모가 이렇게까지 팔불출이고, 어떤 남자에게도 넘기고 싶어 하지 않아 과보호하는 것도 이해가 안 가는 것이 아니었다.

"그럼 정말 다행이네요. 만약 아버님이 저 때문에 기분이 상하셨다면 매우매우 슬플 거예요."

송화는 슬픈 표정을 지우고, 생긋 웃으면서 송직모의 팔에 뺨을 비비적거렸다. 그 애교스러운 모습을 보면서 진양은 속으로 무릎을 탁 치며 감탄했다.

만약 송화가 아직까지 황궁에 남았더라면, 황제를 홀렸을지도 모른다. 그만큼 매력적인 파괴력을 지니고 있었다.

第三章

의매재회(義妹再會)

"그럼, 양 오라버니. 이따 뵐게요."

송화는 '아버님과 이야기를 끝낸 뒤에 봬요.' 하고 공손하게 인사를 한 뒤에 방 바깥으로 나갔다.

그녀가 나가자마자 송직모는 매우 흡족하게 웃으면서 딸 자랑에 나섰다.

"방금 보았나?"

"예?"

"내 딸 말일세."

송직모가 히죽, 하고 객관적으로 보면 재수없게 웃었다.

"내 딸이라서 그런 게 아니라, 누가 봐도 정말 귀엽고 사랑스러운 것 같네. 으하하하!"

"아하하하……."

어떻게 반응해야 할지 모르는 진양이 쓰게 웃었다.

"마음 같아선 약 한 시진 동안 우리 송화에 대해서 대화
를 나누고 싶네만……."

방금 전까지 도저히 봐주지 못할 만한 팔불출이었던 그
의 분위기가 바뀌었다.

팔짱을 낀 채 눈을 가늘게 뜬 송직모는 전쟁터를 지휘하
는 장군과도 같은 기도를 내보였다.

여태껏 그의 모습은 별 볼 일 없어 보였지만, 이제 보니
과연 전(前) 황궁 숙수라는 말이 절로 나온다. 결코 우습게
볼 수 없는 모습이다.

"자네가 나와 송화를 만나러 온 건 단순히 인사 때문이
아니겠지?"

"예, 맞습니다. 정마대전의 위험을 알리고…… 사천에
서 떠나라는 말씀을 드리러 왔습니다."

송직모는 황궁의 숙수였다.

그러나 황궁 숙수로서 그 권위는 지니지 못했다.

황제의 과식 사건 이후, 송직모는 황궁에서 내쫓겼다.
딱히 황제에게 미움을 받거나, 혹은 독살 혐의가 있는 것
은 아니었다.

황궁에서 그를 시기한 대숙수 및 여러 숙수들이 자신들의 자리를 노릴 것을 두려워해 내쫓은 것뿐이었다.

즉, 쉽게 말하면 권력을 지닌 자들에게 미움을 받았다.

그러다 보니 사천에서 관부의 힘 역시 빌리지 못했다.

과거, 인탈방에게 위협을 받으면서도 혼자 해결하지 못했던 연유가 여기에 있다.

하지만 이후, 진양의 도움으로 구사일생하였고 사천에서 성공적으로 재기하여 많은 재산을 모았다. 그 재산으로 호위도 고용해 몸도 지킬 수 있게 됐다.

허나, 문제는 이 힘으로도 정마대전이라는 커다란 파도를 버틸 수 없다는 점이었다.

아무리 전 황궁 숙수였다 해도, 관부의 비호를 받지 못하는 이상 정마대전에 휘말릴 수밖에 없었다.

특히 송화가 있으니 예쁜 여자라면 사족을 못 쓰는 마교도에게 노려질 확률은 더 높다.

진양은 이를 걱정해서 사천에 도착하고, 적당히 여장을 푼 뒤에 제일 먼저 진미객점으로 달려왔다.

"자네의 조언이 무슨 뜻인지는 알지만……."

송직모의 표정은 그리 좋지 못했다. 진양은 그 표정을 보고 송직모가 무엇을 걱정하는지 눈치챘다.

"어디로 갈지가 문제군요."

"그래. 북경과 가까워지면 위험하니까."

정마대전이 일어난 이상, 가장 안전한 장소는 단연 관부의 권력이 몰려 있는 북경이나 그 근처다.

하지만 송직모 자신은 북경에서 대숙수와 숙수 등에게 밉보여 그 근처로 갈 수 없다. 북경에서 거리가 제법 되는 사천에 왔기에 아직까지 목숨을 부지할 수 있었던 것이다.

"내 미쳤다고 사파의 영향이 있는 지방엔 갈 수 없고, 그렇다고 변방 쪽은 신강에서 마교놈들이 내려오니 갈 수는 없지 않는가?"

그야말로 첩첩산중(疊疊山中)이었다.

이에 진양은 기다렸다는 듯이 송직모에게 제안했다.

"그렇다면, 저와 함께 가는 건 어떻습니까?"

"자네와?"

송직모가 미간을 찌푸렸다.

"예. 호북으로 가서 다시 자리를 잡는 겁니다."

"확실히 호북이라면 북경과 그다지 가까운 건 아니지만……."

호북은 사천과도 거리가 그렇게까지 크게 멀지 않다. 제법 갈 만한 거리이기도 하고, 사파의 세력권도 아니니 치안도 높아서 나름대로 괜찮은 지방이었다.

다만 한 가지 문제가 있다.

"호북 역시 사천과 다를 것 없는 장소가 될 게 아닌가?"

마교의 최종 목표는 무림 정복. 곧 정파의 붕괴를 뜻한다. 그렇다면 당연히 호북 땅 역시 점령 지역이다. 송직모는 그 점을 걱정스러워했다.

"어차피 황궁에 갈 수 없다면, 현 상황에서 제일 안전한 지역으로 가야합니다. 저와 사부님이 장문인께 말씀 드리면 송 아저씨와 송화를 비호할 수 있을 겁니다."

"으음."

확실히 그 말대로다. 가장 안전한 지역은 북경이지만, 정작 그 북경에 갈 수 없으니 방법이 없다.

"게다가 제게는 보험이 두 가지나 있기 때문입니다."

"보험?"

"예."

그는 품 안에서 금색으로 휘황찬란하게 빛나는 명패를 하나 꺼냈다. 패 중앙에는 멋들어진 용이 새겨져 있다.

"맙소사! 금위패(錦衛牌)가 아닌가!"

금위패는 그 이름에도 알 수 있다시피 금의위들이 지니고 다니는 패이다.

처음에 이 패를 대영반에게 받았을 때 무슨 용도인지 몰랐으나, 후에 서교에게 보여 주고 알 수 있었다.

금위패를 지니고 있으면, 금의위나 혹은 관부의 빌릴 수 있다. 다만 사용하는 이가 금의위 본인이 아닐 경우, 단 한 번 쓰는 걸로 금의위에 다시 반납해야 한다.

비록 일회용이긴 하나 그 힘을 쓸 수 있다는 것은 굉장한 이점이다. 특히 대영반 본인이 선물한 것이라면, 그 가치는 형용할 수 없다.

"그뿐만이 아닙니다. 무당파에는 금위패와 비교도 되지 않을 정도로의 보험이 있습니다."

"그게 무슨 뜻인가?"

"벽안검화가 무당파에서 속가제자로 지내고 있거든요."

"허어!"

송직모는 금위패를 봤을 때와는 비교도 할 수 없을 만큼 놀란 모습을 보였다.

두 눈을 부릅뜨고 입을 다물지 못했는데, 출생의 비밀을 들었다면 이런 반응을 보이지 않을까 싶었다.

"아직 모르시고 계셨군요."

"그분께서 무림에 관심이 많은 건 알고 있었지만……설마 무당파의 속가제자로 들어갈 줄은 상상도 못 했네."

서교가 속가제자로 들어온 이후, 무당파는 그녀가 괜히 구설수에 오를 것이 마음에 걸려 이 사실을 숨겼다.

비록 황궁의 권력에 벗어나긴 했지만, 그래도 황족은 황족이기에 혹시 몰라 보호를 위해서라도 감추었다.

물론 알 만한 사람은 알긴 하지만, 무림에 그다지 관심도 없고 소식도 모르는 송직모의 경우는 알지 못했다.

"진작 그것부터 말하지 그랬나. 북경 다음으로 가장 안전한 장소는 무당파로군그래."

황권에서 벗어났다 하여도, 황족은 황족.

아무리 마교라 하여도 서교는 불가침의 영역이다.

"아, 그렇다고 무당파가 완전히 안전하다는 건 아닙니다. 만약 정마대전이 터지고 무당파까지 마교의 세력이 들어온다면 그녀는 북경으로 떠날 겁니다."

"두 번째로 금위패가 있으니 상관없네. 게다가 미리 가서 그녀와 친해진다면 북경으로 함께 갈 수 있을지도 모르고."

황궁 숙수로 복귀하는 건 무리지만, 서교. 정확히는 그녀의 언니인 서후에게 비호를 받을 수 있을지 모른다.

그렇게 된다면 북경에서 다시 살 수 있을지도 모르고, 송직모는 그 점을 노렸다.

"이렇게까지 날 신경 써주고 도와줘서 고맙네. 자네가 아니었다면 나도, 내 딸도 큰일 났을 거야."

"뭘요. 사부님의 벗이시고, 송화는 제 친한 동생인걸요. 얼마든지 도와 드리고 싶어요."

"자네…… 크흑! 미안하네. 내가 그동안 자네에게 너무 나쁘게 대했어!"

송직모는 진심으로 자책하며 사과했다.

생각해 보면 눈앞의 청년은 자신과 딸을 구해 준 은인이기도 했고, 딱히 음심 하나 없이 송화와 친하게 지내줬다.

게다가 몇 없는 벗의 제자이기도 한데, 도와주기는커녕 괜히 질투가 나서 불편하게 생각했다.

'내 딸이랑 손잡는 정도는 허락해 줄 수 있겠어.'

그래도 딸에 대한 마음이 더 큰 송직모였다.

"좋아, 이렇게 된 거 내 자네에게 큰 대접을 하지. 내 듣자 하니 숙소가 부족하다는데, 우리 집에 오는 건 어떤가?"

진미객점은 음식과 술만 파는 음식점인지라 숙박까지 하지는 않는다. 하지만 송직모는 돈을 워낙 많이 벌어, 사천에서도 손꼽히는 부자가 됐다.

그 덕분에 사는 집도 상당히 크고 호화롭다. 살고 있는 사람도 송직모와 송화, 그리고 고용인(雇傭人)들 몇 밖에 없어서 무당파 인원들 정도는 충분히 수용할 수 있다.

"마음은 감사하나 저희는 이미 무림맹 사천지부에서 묵고 있어서……."

"흠, 그러면 밥이라도 먹으러 오게나. 상황이 상황인지라 잔치는 열 수 없지만, 그래도 크게 대접해 주겠네."

대접이라는 말에 진양이 반색하며 무척 좋아했다.

송직모는 전 황궁 숙수답게, 요리 실력이 남다르다. 현대 지구의 요리와 비교해도 결코 지지 않을 정도로 무척이나 맛있을 정도였다.

비록 송직모의 요리를 먹어본 적은 몇 번 없지만, 아직까지도 그 맛이 생생하게 기억날 정도로 인상 깊었다.

사부님이나 사저에게는 미안한 말이지만, 솔직히 툭 까놓고 말하자면 송직모의 요리 실력은 비교도 할 수 없을 만큼 뛰어났다. 그렇기에 진양도 이번에는 거절하지 않고 그러겠다고 대답했다.

*   *   *

송직모는 곧바로 진미객점을 닫기로 하고 식사를 끝낸 손님들을 모두 돌려보냈다. 줄을 서며 기다리고 있던 손님들에게도 양해를 구하고 돌려보냈다.

이후, 진양에게 요리를 준비하고 있을 테니 무림맹 사천지부로 돌아가 친한 사람들을 데려오라고 말했다.

"아, 하지만 너무 많은 사람들은 데려오지 말게. 아무래도 손이 부족해서 말임세."

송직모가 직접 대접을 하겠다는 건, 데리고 있는 숙수들의 도움 없이 혼자 하겠다는 의미다.

그러다 보니 시간도 많이 들고, 할 수 있는 양에도 한계가 있다.

어차피 이번에 사천으로 사람이 너무 몰려서, 비축했던 재료를 대부분 소비해서 그다지 많은 양도 못 만든다.

진양은 그렇게 하겠다고 말한 뒤, 일단 송화를 만나기 위해 그녀의 방으로 향했다.

아까 전, 대화가 끝나면 송화를 만나기로 한 약속 때문이었다.

똑똑.

"네, 들어오세요."

방문을 열고 들어서자 의자에 앉아 차를 마시고 있는 송화가 시야에 들어온다.

아까는 워낙 순간이라 눈치채지 못 했지만, 이제 보니 성장했다는 걸 알 수 있었다.

그녀를 처음 봤던 건 대략 이 년 전의 일이다.

성년을 막 지난, 열여섯에 불과했던 송화는 아직 소녀에 불과했다. 하지만 지금은 약간이지만 성장했다.

자신의 주변에 있는 여성들만큼 커진 건 아니다. 신장을 보자면 약 일 촌(寸:약3cm) 정도 컷으며, 얼굴도 약간의 성숙미를 가졌다. 예전에 봤을 때 소녀였으면, 지금은 숙녀라 할 수 있었다.

아직 젖살이 덜 빠져서, 여전히 소녀다운 면모는 남아 있었으며 가슴도 그렇게까지 크지는 않았다.

"컸네."

"한참 클 때인걸요."

송화는 의자에서 천천히 일어났다. 그러곤 진양에게 조심스러운 발걸음으로 다가왔다.

황궁 특유의 예법도 여전히 빛을 발한다. 남들이 그녀를 본다면 사천의 숙수의 딸로 생각하지 못할 것이다.

비록 반 년정도지만, 진양도 황궁 생활을 해봤기에 송화의 예법이 얼마나 대단한지 눈에 보였다.

"오라버니. 보고 싶었어요."

송화는 그의 품 안에 안기며 조용히 속삭였다.

"아아, 나도."

갑작스레 안겨 당황하긴 했으나, 진양은 이내 부드럽게 웃으면서 자연스럽게 송화를 안아 등을 토닥여 주었다.

다른 여성이라면 모를까, 친동생처럼 여기기에 별다른 저항감이 없었다.

"하고 싶은 이야기가 정말 많아요."

"서신으로 그렇게까지 했는데도?"

진양은 피식하고 웃으며 물었다.

"서신으로 하는 이야기와, 직접 보면서 하는 이야기는

다르니까요. 오라버니."

"못 말리겠네. 좋아, 그동안 무슨 일이 있었는지 서로
이야기해 보자."

＊　　　＊　　　＊

친남매만큼 정이 돈독해 보이는 두 사람이었다.

송화는 진양의 소매를 붙들고 원형 탁자에 놓여 있는 의
자에 앉혔다.

그리고 아직 김이 모락모락 피어오르는 차를 따른 뒤,
무언가 기대 어린 눈빛으로 진양을 올려다보았다.

이에 진양은 쿡, 하고 못 말리겠다는 듯이 웃은 뒤에 차
를 한 모금 마셨다.

"음, 확실히 차를 타는 솜씨가 늘었네."

"그뿐만이 아니라 아버님 아래에서 요리하는 법도 배우
고 있어요. 아직은 그쪽으론 부족하지만, 차를 타는 실력
은 자신할 수 있어요. 오라버니가 좋아하시니까요."

"어라, 내가 그런 이야기를 했었나?"

진양이 신기한 듯 머리를 갸웃거렸다.

"후후, 오라버니가 직접 서신에 적으셨으면서 기억 못
하시면 어떻게 해요?"

송화는 진양과 서신을 나누면서 이야기한 걸 하나도 빠짐없이 기억한다. 그뿐만 아니라 서신 자체도 보관하고 있어, 시간이 있으면 그걸 몇 번이나 읽어보곤 했다.

그뿐만 아니라, 송화는 진양이 서신에다 무엇을 좋아한다고 쓰면 나중에 대접하기 위해서라도 열심히 공부했다.

다도와 요리도 그 연장선이며, 특히 다도의 경우 그를 거두고 키워주신 스승이 중요하게 여기는 걸 알고 특히 깊게 연구해서 실력을 키웠다.

"하하, 그랬나."

"네, 분명 그랬는데……."

송화는 무언가 발견한 듯, 갑작스레 말문을 멈추고 진양의 얼굴을 뚫어지게 쳐다봤다. 그 눈동자에는 의문과 더불어 신기하다는 감정이 묻어났다.

"오라버니는 예전에도 그랬지만…… 남성이신데도 피부가 굉장히 좋네요. 마치 아기 같아요."

"아, 이거?"

진양이 별거 아니라는 어조로 자신의 피부를 매만졌다.

"네, 실례가 되지 않는다면 만져 봐도 될까요?"

"상관없어."

허락이 떨어지자마자 송화는 검지로 진양의 볼을 쿡쿡 찔렀다. 손가락 끝에 감기는 탱탱한 살결에 송화는 부러운 목소리를 냈다.

"오라버니는 비겁해요. 별다른 관리도 하시는 것 같지 않은데 웬만한 여자들보다 피부가 좋으시네요."

"나뿐만이 아니라 무림인들은 원래 대부분 피부가 좋아. 무공에 그런 효능이 껴있거든."

대부분 사람들이 알고 있지만, 무공에는 미용 효과도 겸비하고 있었다.

알다시피 무공이란 건 기본적으로 신체를 단련하는 기술이다. 굳이 강함뿐만 아니라, 노화를 방지한다거나 혹은 피부를 좋게 만들어 주는 효과도 지니고 있었다.

그러다 보니 무림인은 남녀 할 것 없이 대부분 흉터나, 주름 등이 아니라면 피부가 좋은 편이었다.

당연히 일반 여성들 입장에선 참으로 편리한 힘이었다.

"게다가 최근에는 화경에 올라서."

"화경이요?"

"응. 대충 말하자면……."

이렇게 된 거, 좋아진 피부(?)와 함께 최근에 있었던 일을 대략적으로 이야기했다.

황궁에서 금위사범이 된 것까지는 송화가 알고 있었기에 할 필요는 없었고, 주로 청해에서 있었던 일에 대해서였다.

다만 송화가 충격을 먹을까 봐 나름대로 자극적인 내용은 피하면서 조금 각색하여 전했다.

송화는 가만히 앉아 경청하는 자세로 들었다.

그리고 이야기를 모두 전해 듣자, 송화는 살짝 눈을 글썽이면서 진양의 소매를 붙들고 물었다.

"괜찮으세요?"

"괜찮아."

아무렇지 않은 듯이 답하자 송화가 결코 눈을 피하지 않고 진양과 똑바로 마주 보며 묻는다.

"뭘 묻는지 알고 계세요?"

"정마대전의 최전선에서 싸우게 된 것을 말하는 거 아니야?"

그의 반문에 송화는 머리를 좌우로 절레절레 흔들었다.

그러곤 슬픔이 묻어나는 눈동자로 입술을 달싹였다.

"소중한 분이 돌아가셨잖아요."

"아……."

무룡관의 관주이자, 사범이었던 남자.

무당제일검, 청곤.

한때 무당파에서 제일 촉망받는 기재였으며, 그다지 많지도 않은 나이에 무림맹의 장로로 책정됐다.

그러나 그 말로는 무척 허무했다.

큰 싸움이나 전쟁에 휘말린 것도 아니었으며, 정찰 목적으로 출타했다가 마교의 음모로 인해 운이 나빠 목숨을 잃었다. 가까이서 본 것도 아니고 전해져 들은 소식이다.

"받아들였으니까 괜찮아. 이해할 수 있어."

송화는 별다른 말을 하지 않고 진양을 물끄러미 쳐다보았다. 이내 그녀는 물음을 던졌다.

"무엇을요?"

"그의 죽음을."

음양 중 음을 죽음으로 깨달았다. 그 영향 덕분에 친한 사람의 죽음에도 무너지지 않고 버틸 수 있었다.

음을 이해하고, 청곤의 죽음도 이해하게 됐다.

그리고 이후에 벌어질 정마대전에서 있을 일을 각오하고 마음을 굳게 먹기로 했다. 약한 마음을 가지면 안 되는 것을 머리로 이해하게 됐다.

정신적인 성장 덕분에, 주화입마를 피할 수 있었다.

"오라버니, 그러지 마세요."

송화가 비탄이 섞인 목소리로 중얼거린다. 그리고 고사리처럼 가느다란 손목을 보이며 움직인다. 그녀의 손가락이 자신의 손등을 감쌌다.

그 손결에서 느껴지는 체온은 무척 따뜻하고, 편안하다. 신기한 기분이 들었다.

"전 무림인이나 무공에 대해서는 잘 알지 못해요. 화경에 오르면 무엇이 보이는지는 더욱더 모르고요. 하지만 사람으로서 응당 가져야 할 감정은 알고 있어요."

"미안. 네가 지금 무슨 말을 하는지 나로서는 이해할 수 없구나."

"오라버니. 그분을 잃고 나신 뒤에 눈물을 흘리셨나요?"

"그건……."

울지 않았다. 아니, 눈물 하나 보이지 않았다. 그저, 어쩔 수 없다며? 마음을 강하게 먹어야 한다고 생각했다.

그 죽음을 이해하고, 받아들였다.

"소중한 사람이 죽었을 때, 어쩔 수 없다고, 강해져야 한다고 받아들여야 한다는 말만 해서는 안 돼요. 그건 너무나도 슬프고, 안타까운 말이니까요."

송화의 눈가에서 물방울이 주르륵 하고 뺨을 타고 턱 밑까지 흘러내렸다. 그녀는 자기 자신이 아니라, 진양에 대해서 무척 슬퍼하고 있었다.

"……."

그는 아무런 말도 하지 않았다.

그저 가만히, 송화가 무슨 말을 할지 기다렸다.

"그 누구도, 울지 말라는 말 따위 하지 않아요."

송화는 부드럽게 웃었다.

"그때는…… 사정이 달랐어. 울고 있을 때가 아니어
서……."

"그럼 지금은요?"

"정말, 못 당하겠구나."

송화는 평범한 사람이다. 하지만, 평범한 사람이기에 사
람이 응당 가져야 할 감정을 아주 잘 알고 있다.

객관적으로 보자면, 사실 송화가 진양에게 무언가 말할
입장이 되지는 않는다.

굳이 연령이 아니어도, 정신적인 측면만 보자면 전생의
기억과 더불어서 화경에 오르며 깨달음을 얻은 진양 쪽이
더 뛰어나다. 하지만 그렇다고 완벽한 건 아니다.

무림인은 신이나 악마가 아니다. 그저 보통 사람들보다
좀 더 특별할 뿐, 그 이상 그 이하도 아니다.

당연히 슬플 땐 울고, 눈물을 흘린다. 그게 정상이다.

진양은 그 중요한 감정을 잠시 동안 잊고 있었다.

이 세상은 원래 이렇게 잔혹하고 무섭다며, 죽음은 흔히
있는 일이라며 하나하나 슬퍼해서는 안 된다고 착각하고
있었을 뿐이었다.

그렇기에, 진양은 눈물을 흘리며 슬퍼했다.

평범한 사람들처럼 청곤의 죽음에 무척 슬퍼했다.

그리고 그를 마음속으로 기리며, 생각했다.

"끄흐으윽……!"

진양은 인간이 가져야 할 감정에 대해서 깨달았다.

그리고 그게 얼마나 소중한지, 그걸 꾹 참으며 억눌렀던 자신의 행동이 얼마나 어리석은지 알게 됐다. 송화가 왜 눈물을 흘리며 안타깝다고 한지도 이해할 수 있었다.

만약, 이 감정을 쭉 모르고 지나쳐왔다면 — 언젠가 소중한 사람을 잃은 타인에게 위로랍시고 어쩔 수 없다며 받아들이라고, 강하게 마음을 먹으라고 말했을지도 모른다.

그 말은 그 사람을 위한 말이기도 하지만, 너무나도 슬프고 안타까운 말이기도 하다.

그런 잔인한 짓 따위는 하고 싶지 않을 것이다.

슬픔에 잠겨 폐인처럼 지내는 것은 확실히 좋지 않지만, 그렇다고 눈물 하나 흘리지 않고 넘어가는 것도 안 좋다.

'사범님. 그동안 정말 감사했습니다.'

청곤은 스승이 아니다. 그렇지만 또 다른 스승이다.

그의 죽음이 가벼울 리가 없었다. 그 충격은 사형인 진성 만큼 잔인하고 힘든 일이다.

그래서, 남들이 보지 않는 장소에서 조용히 눈물을 흘리며 그를 다시 한 번 떠내 보냈다.

*   *   *

눈물을 다 쏟아낸 뒤, 진양은 무척 부끄러웠다.

자신의 본래 표현해야 할 감정을 지적하고 가르쳐 준 송화에게는 고맙긴 했으나, 남자로서 나이가 어린 여자 앞에서 그렇게 펑펑 운 걸 떠올리니 자기 전, 이불에 발차기를 남발할 기억으로 남게 됐다.

정작 송화 장본인은 뿌듯하게 웃으면서 그런 진양을 보고 한차례 더 위로해 줬지만 말이다.

이후, 그다음에는 송화가 그동안 있었던 일을 말했다.

사실 그렇게까지 중요한 건 아니었다.

그저 언제나처럼 아버지인 송직모의 과보호를 받으면서, 호위와 함께 저잣거리를 돌아다니거나 혹은 진양을 위해서 요리나 다도를 열심히 배운 정도였다.

다만, 송화는 단 한 가지 진양에게 말하지 않은 것이 있었는데 — 바로 수많은 남자들의 구애였다.

어릴 적부터 미모를 자랑했던 송화였던 만큼 그간 이 년 동안 그녀는 상당한 외모의 숙녀로 자랐다.

그러다 보니 굳이 뛰어난 요리가 아니어도 송화를 보러 진미객점의 문을 두들기는 사람도 상당히 많았다.

물론 진미객점이 인탈방 사건으로 인해 무당파와 연이 있는 것과, 많은 돈으로 고용한 호위 무사들 때문에 접근

할 수 없었지만 말이다.

어쨌거나 이 미모 때문에 송화는 구애를 상당히 받았지만, 아직 생각이 없다는 이유만으로 모두 거절했다.

이에 송직모는 옳다구나 하고, 좋아하면서 일부러 구애가 그녀에게 가기도 전에 모두 거절했다.

왜 이걸 진양에게 가르쳐 주지 않는지는, 진양도 송직모도 잘 모른다. 그녀만 알 뿐이었다.

"그럼, 이따 보자."

"네, 다녀오세요."

송화는 싱글벙글 웃는 얼굴로 진양을 배웅해 줬다. 진양은 송직모의 대접 때문에 다시 사천지부로 가서 몇몇 친한 사람들에게 말을 걸었다.

"근처에 제가 아는 사람이 객점을 하고 계세요. 괜찮다면 함께 가지 않으실래요?"

무룡관 식구들은 흔쾌히 따라가겠다고 승낙했다. 이어서 도연홍과 모용중광도 따라붙었다.

무당파의 어르신인, 선웅에게도 같이 가는 게 어떻겠냐고 제안했지만 아쉽게도 함께할 수 없었다.

청해에서 온 부대를 모두 관리하느라 상당히 바빴고, 마교와 대응하기 위해서 여러모로 작전을 검토 중이었다.

"나는 신경 쓰지 말고 다녀 오거라."

선응은 혹시라도 자기 때문에 신경이 쓰일까 봐 진양의 등을 두들기며 맛있게 먹고 오라고 말했다.

"아, 하지만 양이 넌 너무 늦게까지 있지는 말거라. 너는 주요 전력이니 말이다. 술도 적당히 마시고."

화경의 고수는 흔하지 않다. 그만큼 중요도가 높다.

즉, 사천에서 일어날 전쟁에서 주력이 될 테니 언제든지 날아와서 싸울 준비를 해야 했다.

정마대전은 이미 일어났고, 또 사천에서 무슨 일이 일어날지 몰라 선응은 진양에게 다시 한 번 그에 대한 중요함을 강조했다. 진양은 명심하겠다고 말하고, 몇몇 사람들과 함께 진미객점으로 향했다.

第四章

상식파괴(常識破壞)

"자, 다들 맛있게 드시오!"

송직모는 자부심 가득한 얼굴로 탁자 위를 가리켰다.

실력 좋은 목수가 만든 고급 탁자 위에는 호화스러운 음식들이 놓여 있었다. 코를 찌르는 냄새부터가 장난이 아니다.

"소, 송 아저씨. 준비해 주신 건 좋은데 일단 인사를……."

진미객점에 도착하자마자 일행을 소개하기도 전에 억지로 식탁 앞으로 앉혀, 진양은 당혹스러웠다.

그 말에 송직모는 어허 하고 엄한 목소리로 말했다.

"맛있는 음식을 앞에 두고 그런 허례허식 따위는 필요하지 않네. 자고로 음식은 식으면 맛없는 법. 가장 맛있을 때

먹어야지!"

송직모는 숙수인 만큼, 조금 과장하면 예법 따위보다 음식을 더 중요시 여긴다. 그는 특히 숙수들 중에서도 그런 성향이 상당히 깊다.

"으하하하! 양아, 저분 말씀대로다!"

어느새 닭고기를 들고 씹고 있던 진성이 호탕하게 웃으며 말했다.

"확실히 저분께선 네 스승님의 벗이 틀림없구나!"

진성이 저런 말을 하는 건, 청솔이 식사 시간 중에 별다른 말을 하지 않기 때문이다. 그가 말이 없고 무뚝뚝하는 건 무당파 식구들이라면 누구나 다 아는 사실이다.

"응응, 맞아. 이렇게 맛있는 음식을 두고 예법을 따지는 건 의미가 없다구!"

진소가 뺨에 양념까지 묻혀가며 허겁지겁 먹으며 말했다. 무룡관 식구들 중에서도 진소는 특히 먹는 것에 집착이 조금 있는 편이었는데, 평소에도 어디 나가면 저잣거리에서 간식 등을 먹곤 했다.

"넌 예의를 좀 따질 필요가 있어."

옆에서 진하가 나지막이 한숨을 내쉬었다. 그녀는 때때로 주머니에서 작은 천을 꺼내 진소의 입가를 닦아 주었다.

누가 봐도 사이가 좋은 쌍둥이 자매였다.

"이게 황궁의 숙수였던 분의 솜씨입니까. 정말 기가 막히게 맛있군요."

모용중광도 연신 감탄을 자아내면서 송직모가 해 준 요리를 입 안에 정신없이 털어 넣었다.

"세가에 있을 때 수많은 요리를 먹어봤지만 이 정도는 아니었습니다."

채식이 주를 이루는 도가와 달리, 모용세가는 많은 돈을 써서 뛰어난 실력을 지닌 숙수를 고용한다.

차기 가주로 지목된 모용중광은 그 직위 덕분에, 당연히 어릴 때부터 고급 요리 등을 먹고 자라왔다.

그런 그가 이렇게 극찬하는 걸 보면 확실히 송직모의 요리 실력이 보통 뛰어난 것이 아닌 모양이었다.

"으하하하! 아니, 뭐! 그 정도는 아닌데! 하긴, 내가 만든 요리가 중원제일이긴 하지!"

계속해서 극찬을 받자 송직모의 코도 높아졌다.

그는 무척 기분 좋은 듯, 헤벌쭉 웃어 댔다.

"좋아, 이렇게 된 거 기분이다. 내 좋은 술도 대접하지! 아니, 창고에 있는 재료를 모두 소비하겠어!"

어차피 진미객점을 팔고, 무당산이 있는 호북으로 이사하려 했다. 남은 음식 재료를 모두 사용해야 할 필요성이 있었다.

"오오! 주인장 마음씨가 거, 화통하구면!"

"식선(食仙)! 식선이 틀림없도다!"

술과, 맛 좋은 음식이라면 환장하는 진성과 진소가 손뼉을 치면서 환호했다. 그리고 무언가 더 얻어먹을 것이 없을까, 하고 은근슬쩍 송직모의 비위를 맞춰 주었다.

그러자 송직모는 더욱 신나하며 주방으로 들어갔다.

"……흐으으응."

한편, 데려온 사람들 중 단 한 명만이 요리를 제대로 즐기지 못하고 있었다. 바로 도연홍이었다.

그녀는 무언가 불만인 듯, 미간을 찌푸리고 어딘가를 힐긋 힐긋 쳐다보고 있었다. 그 시선 끝에는 영문 모를 얼굴로 머리를 옆으로 기울이는 송화가 있었다.

"자, 오라버니. '아' 하세요."

"응. 아."

아니, 정확히는 송화 옆에 붙어서 그녀에게 음식을 아기 새처럼 받아먹는 진양이었다. 그 광경을 본 도연홍은 몸을 파르르 떨며 적의를 스멀스멀 끌어 올렸다.

'위험해!'

약 반 시진 전, 진양이 잠시 어디 다녀오겠다며 사라졌다가 되돌아왔다. 그는 아는 사람이 객점을 하고 있다며 같이 가자고 제안했다.

당시에 도연홍은 괜찮다고 흔쾌히 승낙했고, 따라갔다. 그리고 가던 도중에 진양에게 객점에 대해서 간략하게 설명을 받았다.

사부의 부탁으로 객점을 도운 일화와, 연이 되어 친하게 지내게 된 송직모와 그 딸인 송화.

처음에 딸과 친하다는 말을 듣자마자 도연홍은 마음 한구석이 불안했다.

'그냥 여동생 같은 소녀라면서 전혀 아니잖아!'

저 모습을 보아하니 보통 사이가 아니다.

아니, 그보다 진양이 여자에게 저렇게까지 허물없이 보낸다는 것에 도연홍은 크나큰 충격을 받았다. 그 충격이 너무 커서 살짝 과장해서, 주화입마에 빠질 정도였다.

그동안 진양은 여성들에게 대부분 숙맥인 모습을 보였다. 심지어 같은 사문에서 배운 사저들에게도 그랬다.

인기도 제법 있어서, 많은 여성들이 간간이 다가오긴 했으나 그럴 때마다 당황하고 어색해하는 모습을 보였다.

나름대로 진양을 남편감으로서 노리고 있던 도연홍은 그럴 때마다 무척 안도했다.

다행스럽게도 그가 여자를 별로 밝히지 않으며, 또 괜히 복잡한 관계가 없다는 것이 좋았다.

하지만 그랬던 인간이, 저런 모습을 보이니 도연홍이 느낀 정신적인 충격은 보통이 아니었다.

"누님. 왜 그러세요? 입맛이 없으세요?"

그때, 탐탁지 않은 얼굴로 밥을 먹는 둥 마는 둥 하는 도연홍의 모습을 보고 진양이 걱정했다.

"아니, 별로."

도연홍은 스스로 퉁명스럽게 말하면서도 살짝 놀랐다.

'내가 왜 이러지?'

딱히 그가 자신에게 무언가 잘못을 한 것도 아니다.

그런데 왠지 모르게 기분이 상하고 가슴 한구석이 답답하고 짜증이 치솟았다. 부글부글 화가 끓어오르는 기분이다. 그녀는 곧 그게 질투라는 걸 깨달았다.

'하아. 내가 생각보다 양이를 좋아하는구나.'

처음엔 그저 호의가 가는 남동생 수준이었다.

그 이후는 아버지에게 신랑감을 데려오면 굳이 신부 수업을 하지 않아도 된다는 말에 혹해서 그냥 신랑감으로 삼아도 괜찮다고 가볍게 생각했다.

하지만 이후, 진양의 곁에서 그가 활약하는 모습을 지켜보고 함께 생활하다 보니 특별한 감정이 꽃을 피웠다.

그리고 오늘. 진양이 다른 여자와 저렇게 즐겁고 살갑게 지내는 걸 본 뒤에 질투를 느끼자 도연홍은 드디어 진양에게 품은 감정이 무엇인지 깨닫게 됐다.

"어머, 혹시 체하신 건 아닌지 걱정 되네요. 의원을 불러 드릴게요."

송화는 도연홍의 어두운 안색을 보고 진양만큼 걱정했다. 처음 본 사람이지만, 진양이 평소 누님 동생하고 지낸다는 말에 그녀는 자신의 주머니를 털어서라도 의원을 불러줄 생각이었다.

"아, 아냐. 괜찮아."

송화의 배려에 도연홍이 손사래를 쳤다. 괜한 걱정을 받고 싶지 않아서 얼른 음식을 입 안에 넣었다.

확실히 맛은 있었지만, 왠지 모르게 음식이 쓰게 느껴지는 도연홍이었다.

"뭐야, 뭐야. 뇌가 근육으로만 가득 차있던 근육녀가 웬일로 가만히 있어?"

틈만 나면 도연홍과 말다툼을 하던 진소가 곁으로 찾아와 히죽 웃었다. 뺨이 살짝 붉힌 걸 보면 아무래도 약간 취한 모양이었다.

"잠깐, 사저. 술을 얼마나 마신 거예요?"

그걸 본 진양이 기겁하면서 진소에게 핀잔을 주었다.

무당에서 술을 금하는 규율은 없지만, 그래도 과하게 먹는 걸 좋아하지는 않는다. 딱 약간의 취기 정도만 인정하고 있다. 특히 이런 시급할 때는 더더욱 그렇다.

"어차피 급한 일이 터지면 내공으로 취기를 모두 태우면 되지 않느냐? 껄껄껄!"

진성이 진양의 비워진 술잔을 채워주며 웃었다.

확실히, 그들이 술을 먹고 무언가 민폐를 끼칠 인물도 아니니 그렇게까지 큰 문제는 되지 않는다.

무룡관 식구 중에서 비교적 침착하고 깐깐한 편인 진하도 그걸 알고 있기에 굳이 제재하지 않았다.

"호오. 호오. 과연. 호오."

남녀 관계에서는 기가 막히게 눈치가 좋은 모용중광은 도연홍과 진양, 그리고 송화를 몇 차례 살펴보곤 무언가 깨달았는지 뭐라뭐라 중얼거리며 머리를 끄덕였다.

"뭘 그렇게 다 알고 있다는 듯이 있는 거야?"

그 모습이 마음에 안 들었는지, 도연홍이 낮게 으르릉거리며 모용중광을 위협했다.

"아무것도 아닙니다, 누님. 하하하."

모용중광은 능글맞게 웃으면서 그냥 넘어갔다. 도연홍은 그런 모용중광을 한참이나 째려보다가, 머리를 벅벅 긁은 뒤에 진양의 옆에 앉았다.

"누님?"

진양이 의아한 눈으로 도연홍을 쳐다봤다.

"에잇, 이런 모습은 나한테 어울리지 않지. 자, 빨리 얌전히 입이나 벌려."

도연홍은 만두 하나를 집어서 진양에게 건넸다.

"자, 잠깐. 누님. 그건 너무 크지 않아요?"

확실히 '아' 하기에는 좀 부담스러운 크기다. 잘린 것도 아니고, 만두 한 개를 넘겼으니까.

"사내라면 이런 건 그냥 먹으라고."

도연홍이 평소처럼 씩 웃으면서 진양의 팔에 큰 가슴을 밀어붙였다. 그러자 진양은 힉, 하고 귀여운 소리를 지껄이더니 얼굴을 시뻘겋게 붉혔다.

"앗!"

여태껏 시종일관 여유를 잃지 않던 송화가 그 모습을 보고 깜짝 놀란 표정을 지었다. 그러곤 무언가 불안한 얼굴로 진양의 얼굴과, 도연홍의 흉부를 번갈아 쳐다봤다.

'오호!'

그 모습을 본 도연홍은 왠지 모르게 짜릿한 쾌감(?)을 느꼈다. 그녀는 난생처음으로 흉부가 필요 이상으로 큰 걸 좋아하며, 진양의 입 안에 만두를 처넣었다.

"누니…… 우웁! 웁!"

진양은 벽력귀수나 북사호법의 활강시와 싸웠을 때보다 공포에 질린 표정으로 만두를 물고 고통스러운 신음을 흘렸다.

"자, 잠깐만요! 오라버니가 싫어하세요!"

"싫어하긴 무슨, 너무 좋아해서 안색도 변하는데."

"안색이 시퍼렇게 질렸어요! 오라버니, 오라버니!"

송화가 울 것 같은 얼굴로 진양의 팔을 붙잡고 애타게 불렀고, 도연홍은 재미있다는 듯이 호탕하게 웃으며 흉부를 더욱더 밀어붙였다.

미인 두 명에게 둘러싸여 남자라면 누구나 부러울 만한 그 장본인은 정작, 아까 감동스럽게 명복을 빌어댔던 청곤과 만나기 직전이었다.

"소 매, 너무 많이 먹지 않았어?"

"아뇨, 사형. 사형이야말로 너무 많이 먹었어요. 얌전히 이 만두 저에게 넘기시죠."

"안 돼. 방금 전에 두 개밖에 없는 만두 중 하나가 저 입 안에 들어가 있단 말이다!"

진성과 진소는 마지막 남은 만두를 두고 불꽃 튀기는 눈빛을 교환했다.

"……풋."

혼돈 그 자체인 상황을 보고 진하가 작게 웃음을 터뜨렸다.

"원래 이렇게 지내오?"

모용중광이 그녀의 옆에서 넌지시 물었다.

"아니요. 평소에 이 정도는 아니에요. 반대로 관주님이 돌아가신 뒤로 좀 우울했거든요."

다들, 슬프지만 억지로 감정을 억제하는 듯했다. 정마대전이라는 무게 때문인 듯했다.

특히 그 진양도 마교에 대한 적의, 그리고 청솔에 대한 죽음 때문에 평소처럼 웃지 않고 지냈다.

"그것참 다행인 것 같소. 항상 이렇게 재미있다면 모용세가가 아니라 무당파의 문을 두들겼을지도 모르니까."

모용중광이 한쪽 눈을 껌뻑이며 술잔을 건넸다.

*   *   *

진미객점에서의 작은 연회는 새벽이 돼서야 끝났다.

진양 일행은 송직모에게 감사 인사를 한 뒤에 사천지부로 떠났고, 이후 송직모는 사랑스러운 딸을 불러들였다.

어젯밤 진양과 대화를 통해서 사천에서 재산을 정리하고 호북으로 떠나기로 결정한 걸 설명하기 위해서였다.

"정말인가요?"

"그래. 사천에서 정착한 지 얼마 되지도 않았는데 이렇게 불쑥 나 혼자 결정해서 정말 미안하구나."

송직모는 딸의 얼굴을 어떻게 봐야 할지 모를 정도로 무척 미안한 기분이었다.

사천에서 정착하고 안정을 찾은 지도 별로 되지도 않았으며, 그 과정 또한 결코 쉽지만은 않아서 상당한 고생도 했다.

다행히 진양이 다녀간 뒤로 다시 평범한 일상을 되찾기는 했으나, 문제는 그걸 포기하고 다시 타 지역으로 이주한다는 점이었다. 그것도 딸의 의사도 묻지 않고 자신이 선택했으니 아비로서 마음이 결코 편하지 않았다.

"다 저를 위해서 내린 결정이시잖아요, 괜찮아요. 새로 사귄 친구들과 헤어진다는 것이 아쉽긴 하지만, 어쩔 수 없으니까요."

"송화야……!"

송직모는 감격한 얼굴로 딸을 꼭 안아주었다.

그는 딸이 자신을 생각해서 싫은 티를 내지 않고 이렇게 해 주는 것이 정말 고맙고 미안했다. 송직모는 무슨 일이 있어서라도 딸의 행복만큼은 챙겨주자고 생각했다.

'아버님이 또 이상한 오해를 하시네. 난 정말 괜찮은데.'

사실 송화는 송직모가 생각하는 것처럼 호북으로 떠나는 것을 딱히 싫어하거나 슬퍼하는 건 아니었다.

확실히 사천에서 겨우 정착했는데 다시 타 지역으로 가는 것은 지치고 힘들기는 하다.

하지만, 송화가 바보도 아니고 정마대전의 위험 때문에 이주한다는 것을 이해하지 못하는 건 아니었다.

반대로 당연한 일이라고 생각했으며, 만약 정마대전의 위험성을 듣고도 송직모가 떠나지 않겠다고 했다면 도리어 그녀 자신이 아버지를 말리고 설득했을지도 모른다.

그 외에도 사천에서 사귄 사람들과 헤어지는 것도 조금 아쉽지만 크게 마음에 걸리는 정도는 아니었다.

알다시피 진양이 다녀가기 전 진미객점은 인탈방의 문제 때문에 그녀 자신도 당시에는 외출을 삼갔다.

게다가 전 황궁 숙수의 딸이라 해도 지금은 권력 바깥으로 밀려나고 망해가는 객점의 딸이라는 신분이라는 점과 인탈방에게 노려진다는 소문 때문에 아무도 그녀를 만나려 하지 않았다.

이후, 인탈방의 위협에서 벗어난 뒤에는 외출도 자유롭고 나름대로 친구도 몇몇 사귀긴 했으나 대부분 그 연은 깊지 않고 옅은 편이었다.

즉, 툭 까놓고 말하자면 사천에서 송화의 대인관계는 옅은 편이었으며 친하게 지내는 친구는 없다고 봐야했다.

물론 그렇다고 그녀가 인간관계에 문제가 있는 사람이라는 건 아니다.

거의 평생을 보낸 북경에는 사천에 비해 깊은 연을 가진 사람들이 제법 있었다. 북경을 떠났을 때는 송화 또한 상당히 아쉬워하고 슬퍼했었다.

하지만 그에 반면 사천에는 별다른 미련이 없다 보니, 그녀는 호북으로 이주하는 데 전혀 아쉬워하지 않았다.

'호북이라면 무당파가 있지. 어쩌면 이제 서신을 날릴 필요도 없이 언제든지 볼 수 있을지도 몰라. 다행이다!'

*　　　*　　　*

사만이라는 무시무시한 병력을 지닌 마교의 본대는 이윽고 청해에 도착한다.

"크하하하! 이 겁쟁이 정파 놈들! 우리가 온다는 소식을 듣고 꽁지 빠지게 도망갔구나!"

"곤륜파도 도가장도, 청해지부의 무림맹도 모두 도망쳤다!"

"청해는 이제 우리 마교가 지배한다!"

"와아아아아아!"

청해에 있던 정파 세력은 이미 사천과 감숙으로 퇴각했기에, 지키는 병력이 있을 리 만무했다. 그 덕분에 마교는 조금의 피해도 없이 청해를 정복했다.

이에 마교는 사기를 드높이기 위해서 온 지역에 정파는

겁이 나서 도망쳤다고 악담을 퍼부었다.

아무리 전략적인 후퇴라고 해도, 단 한 번도 싸우지 않고 도주한 건 확실히 문제가 된다.

설사 머리로 이해할 수 있다곤 해도, 명예가 실추되지 않는 건 아니었다. 중원 무림에 정파의 입지가 좁아지는 건 어쩔 수 없는 일이었다.

"여기서 잠시 휴식한다. 정찰대는 근처를 뒤져서 숨어 있는 정파인이 있다면 노인이나 아이 할 것 없이 모두 알아서 처리하고, 약탈해라."

"남자는 죽이고 여자는 범해라!"

마교는 청해를 정복하긴 했으나, 그래도 되도록 무림에 관련되지 않으면 결코 건드리지 않았다. 교주인 천마 또한 이것만큼은 주의하라고 명령을 내렸다.

무려 사만이나 되는 병력이, 청해를 덮치고 난장판을 만들면 당연히 황제가 움직인다.

아무리 관부와 무림이 관여하지 않는다고 해도 사만의 병력이 일반인을 대학살하거나 하면 이야기가 달라진다.

그건 하나의 전쟁이 될 수도 있으며, 또한 황제에 대한 도전이 되기도 한다. 그렇기에 그들은 대부분 무림이나 혹은 그에 관련된 사람들만 척살했다.

물론, 마교도 모두가 천마의 말대로 무조건적으로 따른

건 아니었다.

마공은 괜히 마공이 아니다.

천마가 직접 내린 명령인데도 불구하고, 일부 마교도들은 마성을 참지 못하고 몰래 일반인들 덮치곤 했다.

다만 상부에 걸리면 즉결 처형이기 때문에, 그럴 경우엔 시체를 묻거나 하여 들키지 않도록 했다.

천마나 세 명밖에 남지 않은 사대호법 등의 마교 수뇌부들도 뒤처리를 잘하면 모르는 척하고 넘어가 주었다.

그리고 정파 세력이 대부분 청해를 떠났다고 해도 그건 어디까지나 '대부분'이었다.

고향 땅을 싫어하거나 혹은 모종의 이유 때문에 떠날 수 없는 정파인들도 있었다. 또는 잘 숨기만 하면 들키지 않는다는 생각에 남은 이들도 존재했다.

"다시 한 번 묻겠소. 정말로 우리랑 가지 않을 거요? 그대들은 분명 죽을 거요."

정파 세력이 청해를 떠나기 직전, 우문독패는 그들에게 재차 떠나지 않을 거냐고 물었다.

그는 청해에서 떠나지 않는다면 사만이라는 병력에 모두 목숨을 부지할 수 없을 것이라고 경고했다.

그러나 남은 자들은 모두 숨어 지낼 것이라고 거절했다.

이에 우문독패는 어쩔 수 없이 무운을 빈다는 말과 함께 청해를 떠났다.

떠날 때만 해도 우문독패를 포함하여 정파인들 모두가 남은 자들은 모두 죽을 것이라고 예상했다. 누가 봐도 알 수 있는 일이었다.

"이럴 수가! 우리가 살아남다니!"

하지만, 그 뒤로 정말 놀라운 일이 벌어진다.

마교의 본대가 청해에서 잠시 휴식을 취하며 한 탐색에 걸리지 않고 숨은 정파인들은 모두 살아남은 것이다.

그 이유는 얼마 뒤, 정사할 것 없이 전 무림이 충격을 받게 되다. 이후 마교의 행보는 고금 역사상 최고이자 최악의 전략이라는 평가를 받으며 많은 사람들에게 충격을 주었다.

"이런 미친 새끼들!"

"이건 말도 안 돼. 천마와 마교는 제정신인가?"

"마교의 하나밖에 없는 두뇌인 부교주는 이 꼴을 두 눈으로 보고 승낙했다고? 씨발, 뭔가 잘못된 거 아니야?"

"씨발! 사만 병력을 분열하지 않고 본대 그대로 진군이라니, 이런 미친 새끼들. 이런 미친놈!"

제갈세가 등, 무림맹의 두뇌를 맡은 자들은 마교의 진군 소식을 듣자마자 이마를 벽에 처박으며 욕설과 비명을 마구 내뱉었다.

심지어 몇몇은 머리를 쥐어뜯으면서 주화입마에 걸리는

일도 벌어졌다.

"허허……."

전쟁에는 상식이 있다.

예를 들어 한 지역을 정복했다고 치자.

그렇다면 당연히 다음 진군을 위해서 정복한 지역에 진지를 구축하고 방어를 하면서 근접 지방에 공격대를 보내 차근차근 정복 지역을 늘리는 것이 상식이다.

만약 그대로 정복한 지역에 병력을 잔류하지 않고 본대를 진군시키거나 한다면, 당연히 옆이나 뒤쪽을 통해 적군에게 정복한 지역을 빼앗긴다.

아니, 정복한 지역을 빼앗기는 문제 정도가 아니라 퇴로자체가 차단되어 무작정 전진하다 보면 당연히 결국 포위되기 마련이다.

어떤 바보도 멍청이도 병신도 그걸 모르지 않는다.

즉, 천마. 마교가 보인 행동은 상식과 기본을 모두 파괴하는, 그리고 그걸 무시하는 터무니없는 행동을 했다.

바로 사만 병력을 그대로 한 지역으로 진군한 것.

이러다보니 청해에 숨은 정파인들도 운 좋게 목숨을 구하게 된다. 만약 잔류 병력이 남아서 계속해서 수색전을 펼쳤다면 그들도 무사하지 못했을 것이다.

어쨌거나, 이와 같은 행보는 정마대전에 집중한 전 무림을 정신적인 충격에 빠졌다. 그만큼 마교의 행보는 파격적이고 상식적으로 이해할 수 없는 행동이었다.

마교의 바보 같은 짓에 대한 비웃음이나 비난보다는, 도대체 왜 그럴까 하고 의문을 자아나게 했다.

"으드득! 천마, 이 개새끼가!"

한편, 사도련주도 마교의 행보에 평정을 잃고 분노했다.

"왜, 천만대산에 잔류시킨 일만의 교도까지 합해 아예 오만 교도를 데리고 오지 그랬어? 응?"

알다시피 사도련주는 자신의 계획이 틀어지는 걸 무척 혐오한다. 그런데 천마가 그걸 모두 박살 냈다.

저건 정말 제정신이 아니다. 만약 저게 고도의 전략이라면 천마는 전 무림을 가지고 논 것이라 할 수 있다.

하지만, 저런 것을 과연 전략이라고 말할 수 있을까?

"후우, 됐다. 진정하자. 어차피 이득이 있는 건 같으니까."

정신 나간 전략(?)으로 인해 머리가 아파오긴 했으나, 사도련주 입장에서 아주 나쁜 것만은 아니었다.

사만 병력 모두가 움직였다는 건, 그만큼 공격력만큼은 대단하다는 의미다.

"감숙은 멸망한다."

현재 감숙의 정파 세력은 타 지방에게 공을 뺏기고 싶지 않아서 일부러 지원을 거절하는 행동을 보였다.

그 이기적인 생각 때문에, 감숙은 필멸하게 될 것이다.

아무리 그들이 강해 봤자, 사만이나 되는 마교의 무식한 본대를 이길 리가 없다.

구파일방 중 하나인 공동파는 이제 그 흔적조차도 남기지 못하고 멸문할 것은 분명한 일이었다.

"하지만 감숙에 도착하면 마교의 운명은 끝이 나겠구나. 무림맹이 병력을 보내 청해로 돌려 퇴로를 막고, 사천과 섬서에서 모두 집결하면 아무리 사만의 병력이라도 필패. 결코 살아남지 못한다."

정마대전의 승자는 이미 정해졌다. 어떻게 봐도 정파다.

하지만 정파의 피해도 무시할 수는 없다.

일단 퇴로를 막고, 전면전을 각오할 시간이 되면 감숙의 정파는 당연히 멸망. 그리고 그 나머지 병력들로 포위해서 싸우려 해도 본대의 힘이 워낙 강하니 피해도 상당할 것이다.

비록 계획에서 크게 벗어났고, 생각보다 큰 피해가 나지 않을 것 같지만 그래도 아주 망한 판은 아니었다.

허나 그럼에도, 사도련주는 화를 참아낼 수 없었다.

"금위사범이고, 마교고 간에 되는 일이 하나도 없구나. 하늘도 무심하지, 왜 날 이렇게 괴롭히는가!"

사도련주는 무림 정복에 온힘을 다해 계획했다. 얼마 전까지만 해도 문제없이 계획대로 흘러갔다.

하지만, 금위사범이 등장하고 천마가 폐관수련에서 나와 이해할 수 없는 행동을 하고 계획에 금이 가기 시작했다.

아니, 오늘로서 금이 간 수준이 아니라 반 이상이 박살 났다. 마교의 병력이 분열해서 감숙과 사천을 정복하는 시나리오에 따라서 생각하고 또 생각했는데 그게 모두 무용지물이 됐다.

"무림맹이 제발 무식하고 미쳐 버린 천마만큼은 살려뒀으면 좋겠구나. 만약 놈이 내 앞에 있다면 죽이지 않고 평생을 괴롭히리라!"

사도련주가 천마의 무사함을 진심으로 기원했다.

第五章

뇌옥방문(牢獄訪問)

"마교가 사만 교도를 이끌고 그대로 돌격?"

"허, 참."

마교의 움직임에 제일 황당해하는 건 사천에 집결한 이들이었다. 그들은 사천에서 잔뜩 긴장하고 언제든지 전쟁을 치를 준비를 하고 있었는데, 마교가 뜬금없이 움직임을 바꾸고 감숙으로 향하자 대부분 기가 찬 반응을 보였다.

이에 사천의 정파인들은 소식을 듣자마자 급히 수뇌부 회의를 열었다.

"어떻게 하는 게 좋을 것 같소?"

수뇌부 중에서 제일 성질이 급하기로 유명한 도기철이

제일 먼저 목소리를 냈다.

"큼, 뻔하지 않소? 사천의 병력을 둘로 나누고, 반은 수비에 힘쓰고 반은 감숙으로 향할 수밖에."

먼 안휘 땅에서 사천으로 돌아온 무림맹의 장로, 당거종이 도기철의 물음에 답했다.

"아미타불. 마교와는 감숙에서 총력전을 하겠으나, 그렇다고 사천을 비울 수 없습니다. 정마대전이 일어난 이후, 사도련이 지금은 비록 조용하나 아마 우리를 호시탐탐 노리고 있을 터."

수화사태가 당거종이 말하는 바를 보조해서 설명했다.

참고로 당거종과 수화사태가 사천지부에 도착한 건 불과 두 시진밖에 되지 않았다. 긴 여행에 지쳐 좀 쉬려고 했는데, 사천에 오자마자 회의에 참석하게 됐다.

"그렇다면 문제는 병력의 분배인가⋯⋯."

선응이 수염을 슥 매만지며 중얼거렸다.

"결정을 부탁드리겠습니다."

모두의 시선이 당거종과 수화사태로 향했다. 무림맹의 장로인 만큼, 이 자리에서 지휘권이 우선시되는 사람은 당연히 당거종과 수화사태이다.

"일단은 안휘로 전서응을 날려서 맹주님과 참모의 의견을 확인해야하오. 어차피 마교 본대의 진군 속도는 그다지 빠르지 않으니 지금 당장 결정할 사안은 아닌 것 같소."

아무리 무림맹 장로의 신분이라고 해도, 즉결로 판단해야하는 상황이 아닌 이상 본단의 의견과 명령을 받아야했다.

"그보다 저희는 안휘에서 쉬지 않고 달려오느라 안타깝게도 현 중원 무림이 어떻게 흘러가는지 잘 모르고 있습니다. ·혹시 감숙의 분위기가 어떤지 알고 계시는 분 있는지요?"

수화사태가 주변을 둘러보고 물었다.

마교의 본대가 아직 감숙에 도착하지는 않았지만, 아마 감숙은 초상집이나 마찬가지일 것이다.

특히 공동파를 필두로 한 감숙의 정파인들은 공을 빼앗길 것을 싫어해 청해에서 온 곤륜파를 더불어 퇴각한 정파들을 모두 바로 옆 지방인 섬서로 밀어냈다.

당연히 주변의 도움을 거부한 감숙의 정파 세력은 후에 도착할 마교의 본대에 속수무책으로 당할 것이다.

아무리 구파일방 중 공동파라고 해도 마교의 전력을 이겨 낼 리가 없었다.

"감숙지부의 서신에 의하면 그들은 자존심 때문인지, 전에 한 말을 철회하지 않고 버티고 있소. 또한 감숙의 서신을 대충 요약하자면 알아서 마교를 막을 테니, 퇴로나 잘 차단하라고 전해 달랍니다."

"어찌 그리 어리석을 수가!"

당거종이 통탄했다. 주변에서도 여기저기 탄식하고 혀를 차는 소리가 들려온다.

"미친놈들."

청해에서의 퇴각 때부터 감숙의 행보가 마음에 들지 않았던 도기철은 대놓고 욕설을 내뱉었다.

"아미타불. 진정하시지요, 도 장주."

험한 욕설에 수화사태가 도기철을 진정시켰다.

"후, 일단 사천지부장께서는 안휘로 이 회의의 결과를 전서응을 통해 보내주셨으면 하오."

당거종이 사천지부장에게 공손한 어조로 부탁했다.

"그리고…… 놈은 어디 있소?"

"놈이라 하면……."

선응이 말꼬리를 흐리며 누굴 말하는 거냐고 돌려 물었다.

"마교의 사대호법 중 하나인 북사호법을 말하는 거요."

*　　　*　　　*

포로로 잡힌 복인흥은 무림맹 사천지부에 있는 뇌옥에

수감됐다.

신분이 신분인지라, 복인흥의 감시는 상당했다.

하루에 몇 번이나 교대가 일어나고, 뇌옥 출입구부터 시작하여 복도까지 합해 감시 인원이 무려 스물이었다.

게다가 그 스물이 최소 일류의 무인들로 이루어져 있었는데, 심하다 할 생각이 들지는 않았다. 도리어 부족하지 않을까 하고, 걱정할 정도였다.

그만큼 마교의 사대호법이라는 이름의 무게는 대단했다.

"무림 후학이 존경하는 선배님들을 뵙습니다. 저는……."

"하하하, 그렇게 예의를 차릴 필요는 없네."

당거종이 뒷짐을 쥔 채로 너털웃음을 흘렸다.

"자네가 그 유명한 금위사범, 진양인가. 만나서 영광이군!"

당거종과 수화사태의 원래 임무는 포로로 잡힌 복인흥을 무림맹 본단으로 데려오는 것이다.

그들은 복인흥과 만나기 전, 그를 포로로 잡았던 황중협곡전에 대한 이야기를 듣기 위해 진양을 만났다.

물론 사정을 자세하게 듣기 위해서이도 했지만, 어린 나이에 화경의 경지에 오른 젊은 고수에 대한 호기심이기도 했다.

"아미타불. 젊다고는 했지만 설마 이 정도일 줄은 몰랐군요. 무림에 있어서 홍복입니다."

수화사태가 살짝 놀란 기색을 보였다가, 이내 합장하며 미미하게 웃었다.

"아닙니다. 그저 운이 좋았을 뿐입니다."

"허, 게다가 겸손하기까지 하다니. 무림의 미래가 밝구나, 밝아!"

당거종은 진양의 공손한 태도를 보고 흡족해했다.

보통 구파일방의 젊은 제자들은 실력이 대단하면 자존심이 강해 자만하고 건방지기 마련이다.

하지만 진양은 결코 자신의 힘을 자랑하지 않고 반대로 무척 겸손한 모습을 보였다.

"청 장로에 대한 일은 안 됐네. 참으로 안타까워."

"아미타불. 명복을 빕니다."

당거종과 수화사태는 씁쓸한 얼굴로 명복을 빌어주었다.

"하늘도 무심하시지, 그 인재를 이렇게 허무하게 떠나보내다니. 청 장로는 무인으로서 존경하고도 남을 사내였어."

당거종은 허례허식 따위가 아니라 진심을 다해 말했다.

청곤이 아직 사십도 되지 않은 나이에 무림맹의 장로가

될 수 있던 것은 그만큼 인정을 받기 때문이다.

장로들 중에서 나이가 특히 어리긴 했으나, 무림맹의 장로들은 모두 청곤을 무인이자 같은 장로로서 대해 주었다.

"하지만 그 무뚝뚝한 청 장로도 지금의 자네를 보고 안심하고 무사히 등선했을 걸세. 자부심을 가져도 좋아."

"감사합니다."

'아아, 비록 관주님이 허무하게 떠나셨지만 결코 그 뒤는 허무하지 않구나. 이토록 많은 사람들이 기리고 있으니까.'

진양은 두 장로에게서 청곤에 대한 진실된 마음이 느껴지자 크게 감동하고 또 기뻐했다.

"마음 같아선 좀 더 기리고 싶으나, 상황이 상황인지라 그러지 못하는 걸 부디 이해해 주게나."

"물론입니다."

"그럼 이제 슬슬 청해에서 있었던 일에 대해 설명 좀 해주겠나?"

"예, 얼마든지요."

진양은 청해에 도착해서 황중 협곡에 수색대로 참여하고, 또 복인흥을 포로로 잡게 된 경위까지 자세하게 설명했다.

두 장로는 이미 안휘에서 청해지부장인 우문독패가 보

낸 전서응으로 그 경위를 대충 알고 있었기에, 굳이 묻지 않고 얌전히 이야기를 들었다.

그리고 차 한 잔 식을 시간 정도가 지나자, 몇 가지 궁금한 것을 묻고 대답을 받은 뒤에 대화를 끝냈다.

"이야기를 들려줘서 진심으로 고맙습니다."

수화사태가 무척 흡족해했다.

보통 이런 경우 그 장본인은 자신의 활약 등을 부풀려서 자랑하기 마련인데, 진양은 전혀 그러지 않았다.

아니, 도리어 우문독패가 전해 준 활약상에 비하면 부족하다 할 정도였다.

"청해분타주…… 아니, 배신자 연미 또한 이 뇌옥에 갇혀 있는가?"

"예, 그렇습니다."

"그런가…… 앞으로 힘들어지겠군."

당거종은 쓸쓸한 얼굴로 한숨을 푹 내쉬었다.

그 모습을 본 수화사태는 엄한 목소리로 그를 힐난했다.

"당 장로님. 마음을 굳게 잡으셔야 합니다. 아무리 그래도 그녀가 한 행동은 도저히 용서받을 수 없습니다. 동정하는 것 자체가 무림에 대한 모욕입니다."

수화사태는 연미에 대하여 단 하나도 이해하지 못했다.

아니, 이해할 생각조차도 없었으며 아무리 부모의 마음

이라 해도 자식 때문에 무림을 배신한 행위에 극렬한 혐오
와 분노를 느꼈다.

"앞으로 그 둘은 어떻게 되는 겁니까?"

이 일에 당사자이기도 한 진양이 관심을 보여 질문했다.

"금위사범께서는 모르는 편이 좋을 겁니다."

수화사태가 진양의 질문에 답했다.

이에 당거종이 고개를 저으며 쓰게 웃었다.

"아니, 그도 앞으로의 일은 알 필요가 있소. 이 일의 당
사자이기도 했고, 또한 그는 명실공이 정파 무림의 주요
전력이 되는 고수이기도 하오. 자격은 충분하오."

"대체 어떤……?"

"원래 우리는 그 둘을 본단으로 호송하는 임무를 받았
네. 그건 알고 있는가?"

"예, 청해에 있을 때 지휘 서신을 통해서 두 분께서 사
천에 오는 이유가 무엇인지 알게 됐습니다."

진양이 머리를 한 차례 끄덕였다.

"북사호법 복인홍은 마교에서 굉장히 중요한 인물임세.
부교주 노굉 다음으로 교주가 없는 동안 두뇌를 담당하여,
마교에 대해서 사정이 밝으니 그에 대해 알 필요가 있네."

"배신자 또한 중요한 인물이죠. 저희 정파 무림의 대한
정보를 무엇을, 얼마나 넘겼는지. 그리고 혹시 또 다른 첩

자에 대해서 알고 있지 않은가 알 필요가 있습니다."

당거종의 말이 끝나자마자 수화사태가 덧붙였다.

다만 그 둘의 얼굴이 상당히 신경이 쓰였는데, 표정을
보면 불편한 기색이 제법 묻어나고 있었다.

"그 두 명이 바보도 아니고, 묻는 말에 솔직하게 모두
대답할 일은 없을 것이니…… 어떻게 해야 할 지는 뻔한
일이지."

"아."

진양은 당거종이 무슨 말을 하려는 건지 곧장 이해했다.

전쟁에서 포로를, 그것도 전쟁의 승패에 관련된 사람을
포로로 잡을 경우 어떻게 대할지는 뻔한 일이다.

특히 배신자의 경우, 그 최후는 군이 깊게 생각하지 않
아도 뻔하다.

"무림맹에서 지휘서신이 올 동안 나는 그 둘을 지독하
게 괴롭힐 걸세."

"고문이라면 충분히 이해할 수 있는 일입니다. 게다가
복인흥의 경우는 이미 벌을 받을 만큼의 마인입니다. 군이
사정을 봐줄 필요는 없다고 생각합니다."

반대로 북사호법을 인도적으로 대했다면 그럴 필요가
없을 것이라고 설득했을 일이다.

"다만 문제는 어미일세. 설사 그녀가 아는 것이 없어

도…… 그녀는 가장 소중한 것으로 협박을 받으며 고통스러워할 테니까."

당거종은 미간을 잔뜩 찌푸리며 쓴 표정으로 말했다.

"설마……."

배신자 연미가 그렇게까지 소중하게 대한 것.

정파 무림 전체를 배신하게 된 이유 중 하나.

"그녀의 아들을 인질로 잡은 겁니까?"

"인질도 인질이지만, 그 아들도 배신자로서 취급 받고 있네. 몇몇 수뇌부들을 제외하곤 모르는 일이지만 그 아들은 다른 장소의 뇌옥에 수감되어 있고."

"허……."

당거종이 왜 이렇게까지 불편해하고, 입맛이 쓴 표정을 지었는지 이해할 수 있었다.

황중 협곡에서 연미에게 들은 바에 의하면 그녀의 아들은 상당히 어린 걸로 알고 있다.

즉, 선악의 구분 자체도 할 수 없는 순수한 어린아이를 잡아서 배신자로 취급하고 있다는 뜻이다.

확실히 이해를 못 하는 건 아니지만, 너무 과한 감이 있었다. 아니, 그 수준이 아니다.

머리로 이해를 한다 못 한다 수준이 아니라, 그건 너무나도 정도에서 벗어난 일이었으니까 말이다.

"……."

"부디 이에 대한 사실은 비밀로 해 주게나."

"……알겠습니다."

진양은 별다른 말을 하지 못하고 비밀을 약속했다.

확실히 아무리 전쟁을 위해서라고 해도, 이 사실이 바깥으로 알려진다면 그 여파는 상상을 초월할 것이다.

당거종은 수화사태와 함께 지하 뇌옥으로 발걸음을 옮기며, 뒤에 서 있는 진양에게 말했다.

"이 아래쪽으로 내려와도 상관은 없으나……. 만약, 내려올 것이라면 좀 더 생각하고 마음의 각오를 한 뒤에 올 것이 좋을걸세."

*   *   *

"북사호법."

수화사태의 목소리가 뇌옥 안에서 울려 퍼졌다.

"흐으으……."

수감 생활이 그다지 좋지만은 않은 듯, 복인흥의 몰골은 초췌했다. 살은 삐쩍 말라서 없고, 눈 밑도 퀭하다.

목소리도 기분 나쁘게 갈라져서 물이라도 마시긴 하는 걸까 하는 의문이 들 정도다.

그 겉모습은 살펴보자면 그야말로 피폐 그 자체.

"그동안 어떻게 대했나?"

당거종이 뇌옥 앞에 공손한 자세로 서 있는 심문관에게 물었다. 그의 손에 쥐인 고문 도구가 돋보였다.

"되도록 정신을 잃게 하지 말라고 하여 가볍게 손보는 걸로 끝냈습니다. 손톱과 발톱을 뽑은 뒤에……."

"그만하세요."

심문관이 사실적인 묘사를 하자 수화사태는 비위가 상한 듯 미간을 좁히며 그의 말을 저지했다.

"죄, 죄송합니다."

무림맹 장로의 심기를 거슬렸다는 생각에 심문관은 겁먹은 얼굴로 급히 사과했다.

"흐, 이거 무림맹의 새로운 장로들이 아닌가."

복인흥이 삐쩍 곯은 얼굴로 뇌옥 너머에 있는 두 명의 장로를 보고 음산하게 웃었다. 여전히 기분 나쁜 목소리다.

"닥치시오."

수화사태가 그런 복인흥을 벌레 보듯이 노려봤다.

"사천에 온 이후로 움직인 기억이 없으니……. 아직 무림맹 본단으로 끌려온 건 아니군. 그렇다면 날 데리고 가려고 안휘에서 무림맹 장로가 친히 데리러 온 것인가? 크나큰 영광일세."

"북사호법, 더 이상 쓸데없는 말을 한다면 죽는 것보다
더한 고통을 느끼게 해 줄 수도 있다."

당거종이 품 안에서 비수 하나를 꺼냈다. 비수의 날 끝
에서 시퍼런 빛이 어슴푸레 빛난다.

"크흐흐, 암. 그래야지……."

복인흥은 여전히 빈정거리는 웃음을 잃지 않고 말을 이
었다.

"그보다 이 노부에게 물어볼 것이 많지 않나? 당신네들
이 오기 전까진 아무것도 묻지 않고 고문만 당해서 너무
괴로웠네."

"복인흥, 네놈도 알겠지만 앞으로 할 질문에는 한 치의
거짓도 섞지 않는 것이 좋을 것이다. 그렇지 않으면 서로
피곤해질 뿐이야."

"그렇게 하지."

"우선은 마교에 대해……."

당거종은 우선적으로 마교의 병력이나 그 규모, 혹은 구
조 등 아주 기초적인 것에 대해서만 물었다.

아무리 폐쇄적인 마교라고 해도, 이런 것까지 모르는 건
아니었으나 그래도 마교의 정점 중 한 명인 사대호법과 해
주는 대답과는 차이가 있기 마련이다.

이에 복인흥은 마치 기다렸다는 듯이 마교에 대해서 자세하게 설명해 줬다. 굳이 묻지 않아도 정말 시시콜콜한 것까지 알려 줄 정도였다.

교주인 천마와 부교주인 노굉, 그리고 자신을 제외한 나머지 사대호법부터 시작해서 마교에 있는 주요 부대와 체제까지……. 대충 요약해서 듣는 것 같은데도 어언 한 시진이 훌쩍 넘어갔다.

"너무 순순히 대답하는군요. 어쩌면 이자가 거짓으로 저희를 능멸하고 있을지도 모릅니다."

복인흥의 태도에 수화사태가 의심이 묻어나는 반응을 보였다.

"하, 진실을 고했는데도 이렇게 나오다니, 내가 이래서 정파 놈들이랑 대화를 할 수 없다니까."

쯧, 하고 혀를 차는 소리가 뇌옥 전체로 울렸다.

"도사 나으리는 어떻게 생각하누?"

복인흥의 질문을 던진 사람은 무림맹의 장로들도, 심문관도, 그렇다고 옆에서 복인흥의 정보를 기록하는 서기관도 아니었다. 뇌옥 한쪽에 서서 벽에 기댄 채 이쪽의 대화를 듣고 있던 무당의 사대제자 진양이었다.

"……."

진양은 아무런 대답도 하지 않고 가만히 있었다.

"흥, 신경 쓸 가치도 없다는…….."

푸욱!

"끄아아아악!"

독을 바른 비수가 손등에 꽂히자 복인흥은 끔찍한 고통이 뒤섞인 비명을 질렀다.

"쓸데없는 소리는 하지 말라고 했을 텐데."

비수를 통해 온몸의 근육으로 침입해오는 독기는 비록 미약했으나, 몸이 약해질 때로 약해진 복인흥에게 있어서는 치명적이었다. 지금 당장이라도 죽을 것 같은 느낌이다.

"크흐흐흑!"

복인흥은 시뻘겋게 충혈된 눈동자를 이리저리 굴려대며 눈물을 뚝뚝 흘렸다.

만약 이 시대가 과거의 중국이 아니라, 현대 지구였다면 보통 난리로 끝나지 않을 처사다.

"복인흥. 다시 대화할 수 있겠나?"

"그……래……."

메마른 사막처럼 삭막하고 쩍쩍 갈라진 목소리가 승낙의 의사를 표현했다.

"너도 알다시피 마교의 본대는 신강에 있는 일만 교도를 제외하고 사만의 숫자다. 헌데 그 숫자가 청해를 정복하자마자 감숙으로 진군하는 정신 나간 전략을 펼쳤다. 천마와 부교주 노굉은 대체 무슨 생각을 하고 있나?"

당거종은 최근 전 무림을 충격으로 빠뜨린 마교의 행보에 대해서 복인홍에게 물었다.

노굉과 함께 마교에서 두뇌로 알려진 북사호법이라면 혹시 이에 대해 잘 알고 있지 않을까 하는 기대를 품었다.

"낄낄낄, 노굉도 결국 천마의 힘 앞에서 무릎 꿇었나. 하기야 그 무식한 놈의 명령을 거부할 수 있을 리가 없지."

다행히도 복인홍은 당거종의 기대대로 무언가 알고 있는 듯했다.

"하나도 빠짐없이 기록하도록 하세요."

수화사태가 서기관에게 명하자, 서기관은 잔뜩 긴장한 기색으로 붓을 쥔 손에 힘을 주고 머리를 끄덕였다.

"이보게, 당 장로. 갇혀 있는 나로서는 자세히 모르지만 앞으로 벌어질 마교의 행보에 전략이나 전술이라는 개념 따위는 단 하나도 존재하지 않을 거네."

"그게 무슨 소리인가?"

"사람들이 생각하지도 못한 비장의 전략이라거나, 그런 것이 아니야. 천마는 그저 순수한 힘으로 무림을 정복하기 위해서 진군하는 것뿐이지. 그 이상, 그 이하도 아니다."

"아무래도 다시 한 번 혼쭐이 나셔야 할 것 같군요."

수화사태가 한 걸음 나서서 낮게 으르렁거렸다. 당거종
도 한숨을 내쉬며 독수(毒手)를 들었다.

"저 성질 급하고 무식한 비구니 좀 어떻게 해 줄 수 없
나? 웬만한 파계승도 혀를 찰 만큼 성질 한 번 더럽구만."

"감히……!"

수화사태가 눈을 번뜩이며 노성을 내뱉었다.

"흘흘흘, 당 장로는 그 손을 거두면 좋겠구려. 이 노부
의 말은 절대 거짓이 아니오. 천마에 대해서 더 불 테니까
좀 진정하시게나."

"……."

당거종은 위협을 위해 독수는 거두지 않고 복인흥의 다
음 말을 기다렸다.

"교주는 인간이 아닐세."

이제껏 고문에도 여유를 잃지 않았던 복인흥은 얼굴을
딱딱하게 굳으며 진지하게 말했다.

"그게 무슨 의미지?"

"교주는 약 칠 년 동안 폐관수련에 들어간 끝에 초대 교
주 이후로 처음으로 천마신공을 대성했네. 교주의 마공은
이미 하늘의 경지, 전 무림에서 그를 대적할 사람은 없을
걸세."

"천마신공을 대성했다고?"

두 장로가 매우 놀란 모습을 보였다.

천마신공이 초대 교주를 제외하곤 칠성 이상으로 익힌 자가 없다는 건 마교가 아니더라도 알고 있는 유명한 일화다. 그런데 그걸 대성했다니, 확실히 놀랄만한 일이었다.

하지만 두 장로는 놀랄 뿐, 딱히 그게 대단하다고 생각하지는 않았다.

"마교도는 교주를 신처럼 모신다더니, 그 말이 사실이군요. 하지만 천마는 그저 신 행세를 하는 어리석은 마인일 뿐, 그 이상도 그 이하도 아닙니다. 두려워할 필요 없어요."

수화사태가 콧방귀를 끼며 머리를 좌우로 흔들었다.

원래 무림인, 아니 사람이라는 건 두 눈으로 목격하지 않으면 믿지 않는 법이다.

특히 강호의 소문은 과장되는 경향이 많기 때문에, 들리는 소문에서 오 할은 과장이라는 격언이 있을 정도였다.

"아니, 그 힘은 이미 증명됐네."

복인홍이 두려움으로 미세하게 떨리는 목소리를 냈다.

"마교에서 다음 대 교주가 되기 위한 조건 중 하나를 말하는 건가?"

마교의 교주가 될 자격이 있는 건 딱 둘로 나뉜다.

첫 번째는 현재의 교주에게 도전하여 빼앗는 것이다.

힘만이 전부라는 교리를 지니고 있는 마교답게, 현재의 교주에게 정식으로 도전하여 수많은 사람들이 보는 앞에 죽이는 데 성공하면 그 자리를 빼앗을 수 있다.

만약에 교주를 이길 자가 없을 경우 두 번째 조건으로 넘어간다. 교주가 자식이나 혹은 제자를 통해서 다음 대 교주를 직접 키우는 것이다.

참고로 지금의 교주는 전대 교주의 자리를 힘으로 억지로 빼앗았다. 즉, 목숨을 빼앗았다는 의미다.

"지금의 교주는 전대 교주를 그리 힘들지 않게 쳐 죽였지. 하지만 그건 특별히 문제가 되는 건 아니야. 흔하진 않지만 가끔 있는 일이니까."

"그럼?"

"교주가 폐관수련에 나오고 얼마 있지 않아 원로들을 모두 죽여 버린 것이 진정 문제지."

"원로들을 모두 죽였다고?"

수화사태는 마교주가 천마신공을 대성했다는 걸 들었을 때보다 더더욱 놀란 얼굴로 되물었다.

마교의 원로들은 보통 전대 사대호법이나, 혹은 마교의 주요 부대를 이끌던 우두머리였던 자들로 구성되어 있다.

정사 무림에서 그들은 주요 인물로 알려져 있으며, 또한 그들은 다들 반세기나 혹은 한 세기 전에 무시무시한 악명을 떨치다가 은퇴한 마인들로 구성되어 있었다.

비록 그들이 무림팔존 정도 되는 강자들은 아니나, 그래도 그 아래 수준 정도 될 만큼 강하다.

"단순히 죽인 정도가 아니다. 혼자의 힘으로 열 명의 원로를 한꺼번에 죽였지. 우리 마교에 있어서 천마는 이제 하나의 신이나 다름없네."

"터무니없는 소리!"

수화사태가 크게 부정하는 모습을 보였다.

"당 장로님, 이제 들을 가치도 없습니다. 이자는 우리를 능멸하기 위해서 거짓을 고하고 있는 것이 분명해요."

수화사태가 이런 모습을 보이는 것도 이상한 것이 아니었다.

마교의 교주는 확실히 힘의 정점이자 상징이긴 하지만, 그렇다고 무적은 아니다.

전대 무림에서 악명을 떨친 마교의 원로들은 하나같이 모두 강자뿐. 그런데 그들을 모두 동시에 상대했다는 건 솔직히 말해서 너무 허무맹랑했다.

"아무리 우리 마교도가 머리가 없다고 알려져 있지만, 전략이나 전술의 기본도 무시할 정도는 아니야."

복인홍이 코웃음을 치곤 다시 진지한 기색으로 말을 잇

는다.

"청해에서 병력을 분산시키지 않고, 감숙으로 그대로 진군하는 건 누가 봐도 자살행위다. 원래라면 부교주나 원로들 같이 고수들이 반대하기 마련이지."

마교의 하수들은 확실히 두뇌가 없다. 하지만 그건 어디까지나 마공이 약해서 마성을 제대로 제어해서 그렇다.

반대로 마공이 강해지고, 고수가 되면 이성 유지가 뛰어나고 성질이 나쁘긴 하지만 마성을 아주 잘 제어한다.

즉, 마교의 상층부들은 적어도 어느 정도 상식이 있다는 의미였다.

아무리 절대권력을 자랑하는 마교의 교주라고 해도 이런 상식에서 벗어난 일을 저지르면 수뇌부에게 반발을 받기 마련이었다.

그들도 힘이 전부란 걸 알고 있지만, 바보나 병신은 아니었다. 누가 봐도 멸망할 길로 가려고 하지 않는다.

그래서 천마는 마교 안에서도 힘의 상징인 원로들을 한꺼번에 상대하고 그들을 죽이고 마교도를 매료시켰다.

상식을, 비상식적인 힘으로 모두 해결해 버렸다.

"부교주도, 사대호법도, 그 밑에 부대장들까지. 상층부 모두가 현재의 교주에게 매료됐어."

"허어……."

"유일하게 천마를 따르는 노굉이 그의 눈치를 보면서 전략이나 전술의 중요함에 대해 설명했지만, 결과는 이렇게 됐지. 그놈도 천마에게 반해 버린 거야. 클클클!"

　복인흥이 유쾌한 듯이 목을 뒤로 젖히고 크게 웃었다.

第六章

감숙집결(甘肅集結)

　'설사 그렇다 해도, 역시 마교는 도통 이해할 수 없는
단체다.'

　확실히 무림의 순리가 힘에 따라 움직이고 있는 걸 알고
는 있다.

　정파 역시 마교나 사파만큼은 아니지만, 무위가 강맹해
야 권력을 가지고 영향력을 떨칠 수 있기 때문이다.

　하지만 마교는 그걸 생각한다고 해도 너무 과하다.

　아니, 애초에 전대의 원로들과 교주를 죽인 것을 두려워
하면서도 그 행복에 매료됐다는 것이 이상했다.

　강한 지도자라는 이유만으로 죽으라는 것과 마찬가지인

명령에 따른다.

죽었다 깨어나고 이해할 수 없으며 이해할 생각조차도 들지 않는다.

"게다가 지금의 교주는 그렇게까지 머리가 나쁜 것도 아닐세. 사도련주의 의도를 모르고 함정에 빠진 것이 아니야. 반대로 사도련주가 준비해 준 무대에 만족해 하며 전쟁을 선포해 왔지."

지금의 정마대전은 정파와 마교가 일으킨 것이 아니다.

사도련이 용봉대회를 통해서 함정을 파고, 일부러 싸워야하는 명분을 만들어서 서로 붙이게 했다.

그러나 복인홍은 교주가 그걸 알고도 전쟁을 선포했다고 말하고 있었다.

"내 다시 한 번 말하지. 마교의 진군에 어떤 고차원적인 전략이나 전술 따위는 단 하나도 있지 않아. 교주는 그저…… 압도적인 힘을 보여 주고 싶을 생각일세."

"……어떻게 생각하십니까?"

수화사태가 당거종에게 의견을 구했다.

"거짓말을 하고 있거나, 어쩌면 이자도 천마나 노괭의 계략에 넘어가고 있을지도 모르는 일이요. 어쩌면 포로가 된 것 역시 의도된 상황일수도……."

두 장로는 포로의 열띤 설명에도 그다지 믿는 눈치가 아니었다. 그들의 상식에 의해서 복인홍의 설명은 그만큼 상식적으로 도저히 이해가 되지 않는 일이었다.

"하지만 일단은 본단으로 이 대화 내용을 보냅시다. 맹주님과 참모, 그리고 다른 장로들이 회의 끝에 판단할 거요."

"알겠습니다."

'과연 무엇이 문제일까?'

한편, 대화를 듣게 된 진양은 깊은 고민에 잠겼다.

'장로님들은 상당히 불신하는 모습이지만, 어쩌면 저 말이 정말일지도 몰라.'

사실, 자신에게 있어선 마교라는 단체 자체가 상식적으로 이해할 수 없는 존재다.

아무리 무림이 힘이 전부인 세상이라고 해도, 힘이 전부라는 교리에 맞게 모이고 체계를 만든 것 자체가 이상하다.

존재할 리가 없는 것이 존재하니, 천마와 같은 사람이나 생각 없는 마교의 행보도 실제로 존재할지 모르는 일이다.

'만약 놈의 말이 정말이라면 천마는 인간이 아니다.'

진양은 복인홍을 만난 뒤로 마교를 척으로 지고, 이후 관심을 가지며 시간이 날 때마다 틈틈이 공부했다.

지피지기백전백승(知彼知己百戰百勝)

적을 알고 나를 알면 백 번 싸워도 백 번 이길 수 있다.

현대 지구에서도 격언으로 알려질 정도로, 그 교훈은 무척 중요하다. 그렇기에 서적을 읽거나 혹은 일행에게 간간이 물어서 마교에 대한 정보를 수집했다.

그렇기에 마교의 원로들이 얼마나 강한지도 알고 있다.

아무리 무림팔존이라고 해도 전대의 마인들을 동시에 열 명이나 상대하는 건 솔직히 무리가 있다.

만약 정말로 승리했다면, 그건 인간이라 볼 수 없다.

'연 사저.'

천마에 대한 강함을 듣자마자 제일 먼저 떠오른 건 무당, 아니 어쩌면 무림 역사상 최고의 천재인 진연이었다.

게임으로 치자면 치트. 아니, 치트가 아니라 어쩌면 제작자도 이해하지 의도하지 못한 버그라 할 정도로 재능을 지닌 그녀를 보면 가끔씩 과연 인간이 맞을까 하고 의문이 들 정도였다.

희박한 확률이긴 하지만 그녀와 같은 재앙이, 같은 하늘에 또 한 명 있을지도 모른다.

'더 강해져야 한다.'

천마에 대한 적개심이 늘자 강함에 대한 욕구가 커졌다.

"그럼 다음 질문은……."

천마나 마교에 대해서 고민하는 동안에도 진양은 당겨

종과 수화사태의 심문에도 귀를 놓치지 않았다.

양의신공 특유의 이심법 덕분에 의식을 둘로 나눠서 두 가지 생각을 동시에 할 수 있는 덕분이다.

"연미를 제외한 또 다른 첩자나 배신자에 대해서 말해라."

"어려운 일은 아니지만, 나도 그렇게까지 자세히는 모르네. 마교 외부의 일은 부교주가 모두 도맡고 있으니까."

복인흥은 자신이 최대한 알고 있는 바를 전해 줬다. 확실히 그가 말한 대로 그 숫자는 많지 않았고, 또 첩자나 배신자들의 정체도 연미만큼 그렇게까지 대단하지는 않았다.

"장로님들께 먼저 사과드립니다. 혹시 저도 북사호법에게 몇 가지 질문해도 괜찮습니까?"

서기관이 복인흥에게 털어 낸 정보를 모두 기록하자마자 진양이 한 걸음 나서며 조심스레 질문했다.

당거종과 수화사태는 서로를 마주 봤다가 머리를 끄덕이는 걸로 무언의 승낙을 보여 주었다.

"으흐흐. 내 주변에는 왜 이렇게 괴물들이 많은 건지."

평생을 다한 결과물이자 최대의 무기였던 활강시를 일격에 처리한 젊은 고수가 다가오자 복인흥이 몸을 움츠리며 겁먹은 모습을 보였다.

그러나 눈동자가 여전히 음험하고 기분 나쁘게 빛나고 있는 걸 보면 정말로 겁먹은 모습은 아닌 것 같았다.

'교주만큼은 아니지만 정말 인간 같지도 않은 놈.'

아직 삼십 대도 되지 않은 애송이가 화경의 고수가 됐다. 그리고 그 위력을 몸소 느껴 본 복인홍에게 있어서 진양이라는 젊은 도사는 천마를 절로 떠오르게 만드는 괴물이었다.

"북사호법. 아무리 포로로 잡히고 고문을 당했다고 하지만, 네가 왜 이렇게까지 순순히 대답하는지 이해가 안 간다. 정말로 거짓을 고하고 있는 건가?"

"금위사범. 그런 건 굳이 물을 가치도 없습니다. 어차피 이 이후에도 지속된 고문을 당할 것이고, 본단에 간 뒤로는 비교조차도 할 수 없을 정도로 당할 겁니다. 그렇게 되면 분명 진실을 불게 되겠지요."

대답은 복인홍이 아니라 수화사태에게서 들려왔다.

"허, 내가 알고 있는 부처가 혹시 수라였는가?"

수화사태가 하는 말에 복인홍 황당하다는 모습을 보였다.

"흥! 누가 마인 아니랄까 봐 뻔뻔하기 그지없구나. 네놈은 이미 구제할 수 없는 악인이다. 편하게 죽는 것조차 네놈에게는 사치이며, 부처님에 대한 모욕이니 그 어떠한 기대도 하지 않는 것이 좋을 것이다."

"흐, 됐다. 어차피 네년이 물은 것도 아니니, 나도 굳이 맛 간 비구니와는 말 섞기도 싫구나. 어린 말코도사야, 네 질문에 대답해 주마."

복인흥은 대놓고 수화사태를 무시하는 발언과 함께 진 양과 똑바로 마주 봤다.

"이미 난 죽은 목숨이며, 마교에 돌아갈 수 없기 때문이 지. 그러니 더 이상 마교에 붙을 생각 따위는 없다."

"왜?"

알다시피 사대호법은 교주와 부교주 바로 아래에 있는 최고의 권력층이자 강자다. 특히 강시 부대를 운용하는 복 인흥의 전술적 가치는 말할 것도 없다.

그런 인물은 그냥 죽게 나두기에는 아깝다. 즉, 마교의 입장에선 꼭 살려야 할 만한 인물 중 하나라는 의미다.

"다른 교주라면 모를까 지금의 교주는 아까 질리도록 설명했다시피 힘에 대한 자신감을 지니고 있네. 나 따위는 있어도 그만, 없어도 그만이겠지."

"그렇다면 네 목숨을 끊으러 올지도 모르겠군."

사대호법의 포로적 가치는 환산할 수 없다.

특히 부교주와 함께 마교의 두뇌 중 하나였던 복인흥이라 면, 그가 정보를 부는 것만으로 마교와의 전쟁에서 승패를 거머쥐느냐 못 거머쥐느냐가 결정될 정도라 할 수 있었다.

마교 입장에서 그런 인물이 무림맹에게 포로로 잡혀 이

용당하는 건 두고 볼 수 없었다.

"교주라면 모르겠지만, 부교주 노굉이라면 충분히 가능성 있는 일이라네. 그렇기에 내가 이렇게 순순히 협조하는 거고."

복인홍 입장에서 본인에게 가장 안전한 장소는 더 이상 마교가 아니라 무림맹이나 사도련이다.

천마는 복인홍이 죽건 말건 신경 안 쓰니, 당연히 그 이후 처리는 노굉에게 넘어간다.

노굉은 복인홍이 마교 입장에서 그대로 뒀다간 성가신 인물이니 죽이려고 노력할 터. 복인홍은 그게 신경이 쓰였다.

물론 노굉은 이미 천마의 명령으로 인해 복인홍이 눈에 들어오지 않는다면 딱히 찾을 생각조차 하고 있지 않았지만 말이다.

"이보게, 세상물정 모르는 어린 도사야. 이게 네가 그렇게 말하던 정도인지 의문이 드는구나."

"네가 할 말은 되지 않는다. 넌 이미 용서받기에는 너무 많은 악행을 저질렀어."

진양은 들을 가치도 없다는 태도로 복인홍을 비난했다.

확실히 그 말대로 복인홍은 천인공노할 짓을 했다.

죽은 자들을 우롱한 것도 모자라서, 힘만이 전부라는 교리를 이용하여 수하들이나 혹은 그들의 가족들을 모두 강시 실험의 재료로 사용했다.

아니, 어쩌면 이보다 더한 행위를 했을지도 모른다.

"크흐흐, 확실히 그건 네 말대로구나. 하지만 여개(女丐)와 그 아들은 어떻게 되는 거지?"

복인홍이 연미를 거론하며 자극적인 말로 진양에게 계속해서 질문을 던졌다.

"그 여개는 아들 때문에 정파 무림을 배신하는 행위를 저질렀다. 확실히 그건 용서받지 못할 행위네. 툭 까놓고 말해서 그 여개는 자식만 구제할 수 있다면 정파 무림이 어떻게 되든 상관없다는 태도를 보이고 있으니까."

수화사태가 더 이상 참지 못하겠다는 듯 복인홍에게 뛰쳐나가려 했으나, 곁에 서 있던 당거종이 그녀를 제지했다.

"허나 그렇다고 아무것도 모르는 아들도 배신자 취급해서 포로로 삼고, 나아가 답이 나오지 않는 것이 뻔한데도 똑같이 뇌옥에 갇혀놓고 추궁하는 게 진정 옳다고 생각하나?"

"……."

"위선으로 가득 찬 정파 놈들은 언제나 그랬지. 꼭 자기만 깨끗한 줄 알고 지껄이는데, 그건 크나큰 착각이고 오산일세."

복인홍은 히죽하고 입가에 진한 미소를 그려냈다.

"확실히 우리와는 다르지만 너희도 그렇게까지 다를 것 없네. 자, 정녕 알고 싶다면 보고 오게나."

할 말을 다한 복인흥은 만족한 표정을 지었다. 그러나 그 표정은 얼마 지나지 않아 고통으로 일그러졌다.

당거종이 수화사태를 제지하던 손을 거두자, 그녀가 직접 나서서 복인흥의 허벅지에 검을 내리꽂은 것이다.

"간악한 혀로 우리를 몇 번이나 우롱하려는구나."

수화사태는 도중에 검을 비틀어 복인흥을 심할 정도로 괴롭혔지만, 아무도 제지하지 않았다.

진양도 그 모습을 보고 딱히 과하다고 생각하지는 않았다.

"그럼 그쪽은 부탁하겠소."

"상관은 없으나 당 장로께서 마음을 굳게 먹으시고 올바른 판단을 했으면 합니다."

수화사태는 당거종이 혹여나 연미를 보고 쓸데없는 동정심을 가질 것을 우려했다.

"염려 마시오. 그럼 자네는 이제 어떻게 할 건가?"

당거동은 진양에게 조심스레 물었다. 마음의 준비가 되지 않았다면 오지 말라고 말하는 것 같았다.

"함께 가겠습니다."

"알겠네."

당거종은 뇌옥 깊숙한 곳으로 발걸음을 옮겼고, 진양은 그 뒤를 따랐다.

깊은 어둠 속으로 두 사람이 사라지는 걸 확인한 복인흥은 광기로 뒤섞인 웃음소리를 흘리며 크게 소리쳤다.

"자, 어린 도사야! 네 두 눈으로 가증과 위선으로 가득 찬 무림맹의 어둠을 보거라!"

                    *   *   *

"꺄아아아아! 아드으을! 내 아드으을!"

깊숙한 곳으로 들어오자마자 들리는 건 미친 여자의 절규와 비명이었다. 익숙한 목소리다.

"내 아들을 돌려줘어!"

연미는 침을 질질 흘리면서 비명을 질렀다. 그 맞은편에서 있는 당거종은 미간을 찌푸리고 중얼거렸다.

"이게 잘못된 모성의 말로인가……."

진양은 허, 하고 할 말을 잃은 표정을 지었다.

포로로 막 끌려갈 때 연미의 모습도 보통이 아니었지만, 지금 저 모습을 보니 과연 대화는 가능할까 싶었다.

"당 장로님."

"음."

"정말로 그녀의 아들을 인질로 삼은 겁니까? 그리고 배신자로 취급하여 그 아들 역시 뇌옥에 있는 건지요?"

진양은 뇌옥에 들어오기 전 신경 쓰이던 것을 물었다.

"아아, 그러네. 딱히 자네를 시험하려고 속인 것도 아니며, 괜히 저 여자를 겁주려고 말하는 것도 아닐세."

당거종은 흔들림 없는 눈동자로 확언했다.

"연미의 아들은 다른 장소의 뇌옥에 갇혀서 심문 중일세."

"왜…… 그렇게까지 한 겁니까?"

결국 진양이 당거종을 책망하는 어조로 물었다.

만약 현대의 지구에서 이런 일이 있다면, 보통 난리로 끝나지 않는다.

아무리 연미가 범죄자라고 해도 너무 심한 처사이다.

아니, 애초에 부모의 잘못이 자식에게로 죄가 넘어가는 것 자체가 이상하다. 아무것도 모르는 열 살 아이를 뇌옥에 넣고 심문하는 건 과하지 못해 가혹하고 끔찍한 일이다.

"만약 그녀의 아들이 좀만 더 어렸으면 이러지도 않았을 걸세. 하지만 이미 열 살이라면, 결코 무시할 수 없지."

"……."

"딱히 자네를 무시하는 건 아니지만, 자네는 대부분 무당산에서 일생을 보냈으며 강호 경험이 몇 없다고 들었네.
맞는가?"

"예, 그렇습니다."

강호에 나갈 때마다 굵직한 사건을 모두 경험하긴 했으
나, 그렇다고 자질구레한 경험 자체가 많은 건 아니었다.

"정파 무림도 그렇지만, 강호에선 정말 다양한 일이 벌
어지네. 특히 정파 세력권이 아니라 사파 세력권에 가면
상상을 초월할 정도네."

"어떤 일이 벌어집니까?"

"가난한 집안의 아이들은 노비만큼 처참한 인생을 보내
네. 그 험한 세상에서 살아나려면 독해질 수밖에 없지."

진양은 강호의 선배가 해 주는 이야기에 흐름을 억지로
끊지 않고 집중했다.

"그들은 여덟에서 아홉이 넘으면 대부분 구걸이나 소매
치기 짓에 이골이 나서 남의 뒤통수를 좀 더 쉽게 칠 수 있
으며, 심하면 살인을 경험하는 이들도 몇 생기지. 온화한
화초가 아니라 질긴 잡초가 되어 독기를 품게 되네."

현대 지구라면 열 살은 아무것도 못 하는, 아직까지도
부모의 도움이 한참이나 필요로 하는 어린아이일 뿐이다.

하지만 그건 어디까지나 현대의 지구다.

명나라 역사와 비슷한 이 무림이라는 또 하나의 세계에

서 열 살은 소수를 제외하곤 대부분 아비를 따라 일을 도
와 밥벌이를 해야 하고, 공부를 해야 하고, 또는 살아남기
위해서 무슨 짓이라도 저질러야한다.

"특히 무림인의 자식이라면 그 성향이 강하면 강했지,
결코 약하지 않네. 특히 개방의 거지인 그녀라면 아들을
강하게 키웠을지도 몰라. 그렇다면 어리다는 점을 악용하
여 상대를 방심시킨 뒤에 어떻게 살아남는지 알지도 모르
는 일일세."

"허나 그건 어디까지나 추측이지 않습니까?"

"그러나 그걸로 인해 우리 정파 무림이 허무하게 무너
질지도 모르는 일임세."

당거종이 씁쓸하게 웃으며 머리를 좌우로 흔들었다.

"내 예를 들어보지."

과거에 한 정파인이 있었다.

정파인은 구파일방 정도까지는 아니지만, 그래도 나름
대로 무림에 잘 알려진 명문지파의 문주였다.

문주는 어느 날 악명 높은 사파를 멸문시키려 했다.

그러나 멸문을 진행 중에서 예닐곱 살밖에 되지 않은 아
이가 운 좋게 살아남은 것을 보았고, 문주는 그를 가엾게
여겨 제자로 거둬들이고 돌봐주었다.

아이는 자신을 거둬준 문주에게 하루하루 감사하는 마

음으로 살아왔고, 문주는 그런 제자를 예뻐했다.

하지만 일 년도 채 되지 않는 날, 문주는 어느 날 아침에 차가운 시체로 발견된다.

"이야기 속의 문주를 죽인 것은 제자인 그 아이입니까?"

"맞네. 알고 보니 그 아이는 문주가 멸문시킨 사파의 소문주였고, 복수를 위해서 일부러 불쌍하게 보여 문주의 제자로 들어갔지. 참으로 대단하지 않나?"

아이는 제자로 들어간 이후로 철저하게 자신을 연기했다.

신뢰를 쌓기 위해서 온갖 허드렛일을 자저했으며, 또 그 와중에 무공 수련 역시 빠지지 않고 열심히 했다.

그 문파의 사용인들에게 친절했으며, 호감을 샀다.

다른 사형과 사제들에게도 공손한 예의를 갖춰서 쌓은 신뢰를 돈독하게 했다. 모든 사람이 그를 좋아했다.

하지만, 그건 결국 복수를 위한 연기였을 뿐이다.

아이는 이 신뢰를 이용하여 아홉 살이 됐을 때 사부인 문주를 독살했다.

"그건 그 아이가 특별한 게 아닙니까?"

"확실히 이렇게까지 치밀한 건 흔치 않은 경우지. 하지만 아주 없는 건 아니네. 심지어는 이런 동정심과 아이의 겉모습을 이용한 전문적인 암살 집단이 있을 정도라네."

'후, 과연 전혀 다른 세상인가.'

한국에 있을 때는 상상조차 할 수 없었다.

하지만 그렇다고 아주 이상한 건 아니었다.

실제로 현대 지구에서도 아프가니스탄 등, 분쟁 지역에선 어린아이나 여성을 이용한 암살이 있다.

아홉 살, 열 살짜리가 소총을 다룰 줄 알며 자기보다 큰 어른들을 상대로 방아쇠를 당겨 살해한다.

"그녀가 미치긴 했으나, 아마 무림맹은 개의치 않아 할 것이네. 약물, 인질 등 그녀가 죽기 직전까지 고문을 가하여 계속해서 심문하겠지. 정보를 토해내도록 말이야."

"……."

"만약 그녀의 아들이 사실은 아무것도 모르는 척 연기를 할 뿐이고, 마교와 내통하여 정보를 어머니의 의지를 이어서 내통하고 있다고 생각해 보게. 어머니를 살리기 위해서 그러고 있다면 나름대로의 이유도 있지. 만약 그런다면 자네는 어떻게 할 텐가?"

현대의 지구였다면 상상도 못할 일.

하지만 이 세상에선 있을 법한 일이다.

'이게 정파 무림의 어둠.'

정파는 항상 도리와 협의를 중시한다. 이 둘을 위해서라면 위협을 받아 목숨을 잃는 건 괜찮다고 생각한다.

그러나, 모든 사람들이 그렇게 생각할 리가 없다.

만약 정파 무림이 그것만 따지고 살아왔다면 이미 전 무림은 사파나 마교에 의해 정복당했을 것이다.

"저라면……."

진양은 그 뒷말을 차마 입에 담지 못했다.

화경이 되어 난관을 뛰어넘고, 깨달음을 얻어 정신적으로 성장했는데 이렇게 빨리 고난이 찾아올지는 몰랐다.

"이제부터 독을 이용해 그녀를 심문할 생각이네."

아무런 말도 하지 못하고 가만히 서 있는 후배를 보고 당거종은 웃지도, 슬퍼하지도 않고 무덤덤한 어조로 말했다.

그러나 목소리의 한편으로는 후배를 생각하는 상냥한 목소리가 섞여 있었다.

"그러니 이만 뇌옥에서 나가줬으면 하네. 미래를 짊어진 젊은 고수에게 큰 정신적인 충격을 주고 싶지 않으니까 말일세."

"……예."

*   *   *

뇌옥에선 두 남녀의 비명이 끝없이 흘러나왔다고 한다.

또한 얼마 지나지 않아 다른 구역에 설치된 뇌옥에서도 어린 남자의 흐느끼는 목소리가 울려, 며칠 간 그 일대에선 소동귀(小童鬼)가 나타났다는 소문 때문에 무당파의 도사를 초빙해 퇴마 부적을 부착하는 등의 소란이 일어났다.

이후, 사천지부의 정파 세력의 행로는 얼마 지나지 않아 다시 정해졌다.

안휘에서 날아온 서신에 의하면 사천지부에 있는 정파 세력의 병력은 반으로 분절됐고, 하나는 사천의 수비를 맡고 나머지 병력은 감숙으로 북진(北進)하기로 했다.

병력의 분배는 무공 순위로 가게 됐으며, 여기서 무림맹에서 내려온 당거종과 일부 병력은 제외됐다.

청해에서 포로로 잡은 북사호법과 배신자 연미, 그녀의 아들까지 포함한 셋을 무림맹으로 이송하기 위함이었다.

참고로 수화사태의 경우는 당거종과 떠나지 않고, 감숙행의 병력을 지휘하여 최전선에서 싸우게 됐다.

또한, 감숙을 너머 섬서로 가던 원래의 청해 병력 또한 방향을 틀어서 다시 청해로 돌아가기로 됐다.

당연히 고향이 그리워서 가는 것 따위가 아니라, 감숙으로 향하는 마교의 본대의 퇴로를 막기 위해서였다.

그 외에도 정파 무림 각지에서는 다들 사도련을 막기 위한 병력을 적당히 남겨 두고 모두 청해, 사천, 섬서 이렇게 세 지방으로 집결했다.

그 덕분에 전 무림은 그야말로 긴장의 연속이었다.

사만이나 되는 병력이 감숙을 습격할 준비를 하고, 정파는 그들과 싸우기 위해서 감숙으로 진격. 전쟁의 냄새를 맡은 상인들 역시 돈을 벌기 위해서 꾸준히 움직였다.

혹시라도 자기들에게 괜히 불똥이 튈까 무서운 일반 백성들은 문을 잠그고 벌벌 떨었다.

관부조차도 이번 전쟁에는 관심을 보여서 감숙 일대 지방 모두를 지켜볼 정도였다.

참고로 진양 일행은 당연하게도 감숙행에 참여. 최전선에서 싸우기로 마음먹는다.

또한 진미객점 등 재산을 모두 처리한 송직모는 딸과 함께 진양에게 나중을 기약하자며 인사를 한 뒤, 실력 좋은 호위들을 대거 고용하고 호북으로 떠난다.

"오라버니, 부디 조심하세요."

송화는 진양이 전쟁에 참여한다는 것에 크게 걱정했다. 마음 같아서는 말리고 싶었으나, 말린다고 진양이 가지 않을 리가 없으니 마음으로만 그의 무사귀환을 빌었다.

"허, 무림 역사상 이렇게 규모가 큰 전쟁도 없을 거이."

"천마가 무려 사만 교도를 데리고 움직이고 있네. 그러니 규모가 클 수밖에 없지."

"감숙에서 도망쳐 온 사촌의 말에 의하면 이미 거기는 사람 살 곳이 아니라고 하더군"

"아아, 나도 들었네. 식량이나 물자는 모두 폭등하고, 치안이 내려가서 온갖 잡배들이 기승을 부린다더군."

"관리들 역시 그 무거운 엉덩이를 움직여 집 바깥으로 단 한걸음도 나오지 않는다고 하던데."

감숙에선 마교의 본대가 움직였다는 소문을 들었을 때부터 시세가 욕이 나올 정도로 폭등했다.

이에 어쩔 수 없이 식량과 물자를 사고 숨은 자들과, 혹은 불안을 버티지 못하고 도주한 사람들도 나뉘었다.

아무리 무림이 일반 백성은 건들지 않는다고 하지만, 그래도 역시 모르는 일이었다.

"그래도 이와 중에 영웅들도 나오지 않는가. 왜, 그 이번에 황중 협곡 때⋯⋯."

"모용세가의 소가주?"

"확실히 모용중광도 대단하지만, 나는 무당의 이합쌍검을 지지하네. 미모도 상당하고."

"어허, 미모라 하면 역시 청해제일미가 아니겠는가!"

"흠, 자네들 너무 여자들만 찾지 않는가? 확실히 무림의 여걸들이 매력적이긴 하지만, 그래도 역시 영웅이라면 사내가 아니지 않나."

"그 말에 동의하네. 예를 들어 무당제일검의 뒤를 이을 사대제자 진성 말일세."

황중 협곡의 싸움은 전 무림으로 일파만파 퍼지게 됐다.

당연히 그날의 활약 역시 퍼지게 됐고, 그중 진양을 중심으로 많은 공을 세웠던 젊은 정파인들에 대해 소문이 났다.

이에 정파 무림은 이때다, 하고 소문을 과하게 부풀리거나 혹은 그 속도를 높이 끌어 올렸다.

황중 협곡전은 정파에 사기 진작에 아주 큰 영향을 끼쳤다. 특히 북사호법을 포로로 잡은 것이 더욱 컸다.

다만 연미에 대해선 웬만하면 소문이 퍼지지 않도록 공작했다. 배신자에 대한 건 어딜 가든, 어느 상황이든 아군의 사기를 낮게 만들기 마련이었다.

참고로 이중에서 제일 이름을 알린 건 당연히 금위사범으로 이미 유명해진 진양이었다.

"허, 과연 금위군의 사범으로 있을 만한 인물이군그래."

"내 듣자 하니 벌써 어린 나이에 화경의 경지에 올랐다 하더군!"

"그게 정말인가?"

"암, 그렇고말고. 그 덕분에 강호에선 그를 보고 무당신룡(武當新龍)이라고 칭하고 있네!"

第七章

무당신룡(武當新龍)

태극권협, 금위사범.

그리고 무당신룡.

이로서 진양은 총 세 개의 별호를 갖게 됐다.

특히 별호에 신룡이 붙는 건 그 의미가 깊다.

용과 봉을 가리는 대회, 용봉비무대회는 정치와 외교적인 연유로 열리는 행사이기도 하지만 일단 겉으로 알려진 대회의 목적은 실력 있는 젊은 무인들을 찾아내기 위해서다.

본 대회에서 좋은 성적을 거두거나, 혹은 누가 봐도 눈에 돋보일 만큼의 실력을 보여 준다면 대회가 끝난 직후 무림에서 무인의 호칭에 용(龍)이나 봉(鳳)이 붙는다.

즉, 진양은 무림에서 그만큼 실력을 인정받아 별호 끝에 용이라는 수식어가 붙게 된 것이었다.

아니, 솔직히 말해서 이 명예로운 수식어조차도 부족할 정도였다.

"서른도 되지 않았는데 화경이라니, 과연 그게 정말인지 의아하구먼. 강호의 소문이란 건 원래 과장되기 마련이지 않는가?"

"하지만 황중 협곡의 싸움에서 무당신룡이 강기를 쓰는 걸 수많은 사람이 목격했다고 하더구만. 그렇다면 적어도 과장은 아니지."

"내 듣자 하니 북사호법이 자랑하는 활강시를 일격에 쳐 죽였다고 하네."

"허어!"

아직까지도 진양이 화경에 오른 것을 믿지 못하는 사람들이 있긴 했으나, 그 숫자는 적은 편에 속했다.

화경의 상징인 강기를 쓰는 모습이 워낙 많은 숫자의 사람들에게 목격됐기 때문이었다.

"그에 비해서 쇄월검자는……."

"아아, 나도 그 소식 들었네."

"쯔쯔쯔! 좋은 소식을 들려주는 젊은 무인이 있다면, 그렇지 않은 무인도 있기 마련이지."

"구파일방의 수치로군."

한편, 종남의 소추산 역시 그 이름을 날렸다. 그러나 그 이름의 영향은 좋은 쪽이 아니라 나쁜 쪽으로 흘러갔다.

비무에서 행했던 비겁한 행동이나, 혹은 철피강시와의 싸움에서 진양이 고전을 겪고 있을 때 그를 비웃었던 몰상식한 짓이 소문나버린 것이다.

당시에 있던 정파인들은 그런 소추산을 구파일방, 아니 나아가 정파 무림에 수치를 보여 주는 행동으로 아주 나쁘게 생각했기에 퍼지는 소문은 무당신룡의 업적보다 더 빠르게 퍼졌다.

원래 소문이라는 것은 좋은 건 느리고 좁게 퍼지기 마련이고, 안 좋은 건 빠르고 넓게 퍼지기 마련이다.

덕분에 종남파의 명예란 명예는 크게 실추됐고, 이에 종남의 문주와 장로들은 화를 참지 못하며 소추산이 오기만을 기다렸다고 한다.

*   *   *

"크하하하핫!"

"단 한 명도 놓치지 말아라!"

"교주께서 이 일대 산적들은 어떻게 하던 상관없다고

했다!"

"잡아라!"

청해와 감숙을 분리하는 경계선 부근.

그 일대 산채는 아닌 소란에 난장판이 됐다.

바로 사만의 교도로 구성된 마교의 본대에 의하여 죄다 쑥대밭이 되어 버린 것이다.

"마, 마교가 왜 우리를…… 크아아악!"

마교의 습격 소식에 감숙 땅에 숨어 있던 산적들은 대부분 활동을 멈추고 산 깊숙한 곳에 몸을 숨기기로 했다.

혹시라도 정마대전에 휘말려서 괜한 피해를 입을 것 같아서다.

하지만 마교는 산적들을 용서하지 않고, 끝내 찾아내서 모두 참수하고 약탈했다.

마교가 딱히 산적을 증오하거나, 정의감으로 소탕한 건 당연히 아니다. 그저 심심풀이와 기분 해소에 불과했다.

부교주 노굉은 사만이나 되는 교도, 아니 마인들을 효율적으로 통제하기 위해서도 가끔씩 이렇게 기분을 풀어 줘야 할 필요성을 느꼈다.

일반 백성은 건드릴 수 없으니, 정파나 사파 등 무림인을 건드리거나 혹은 산적이나 흑도방파 등을 찾아내서 죽였다.

그 덕분에 중원의 마교에 대한 인식이 괴랄하게 변했다.

"우리를 건드리지 않고, 산적을 이렇게 대대적으로 소탕해 주다니. 그다지 나쁜 건 아닌 것 같은데?"

"그러게 말일세."

관부의 눈치를 보느라 일반 백성은 되도록 건들 수 없다.

그래서 대신 기분 해소를 위해 건드려도 문제가 없는 놈들을 쳐 죽인다.

심지어 마교 본대는 전국적으로 수배에 오른 흉악 산채의 채주의 목을 빼앗아 관부에 찾아가 현상금을 타낼 수도 있게 됐다.

관리들 입장에선 놈들에게 현상금을 보상으로 주려고 해도, 관부에서 주의하라는 흉악한 마인들이다 보니 어찌해야 할지 참 난감했다.

"마인들이 기어코 감숙의 땅을 밟았다!"

"감숙의 힘을 보여주자!"

"구파일방의 일파, 공동파가 앞장을 설 것이니 그대들은 전혀 걱정할 필요가 없다!"

공동파를 이끄는 문주, 목사건(木師乾)은 감숙 일대의 정파 세력을 지휘했다.

그러나 마교 본대의 무식한 숫자 때문인지 목사건과 공동파의 다른 장로 등이 노력해도 감숙 일대의 사기는 여전히 곤두박질을 쳤다.

사기가 밑바닥을 기는 것도 전혀 이상한 것이 아니다.

감숙에 설사 무림팔존 중 한 명이 있어도 사기를 좋은 쪽으로 이끌 수 없다.

일단 마교에는 무림팔존 중 일마인 천마가 있을뿐더러, 그 병력이 무려 사만이다.

사백도, 사천도 아니라 사만의 마인. 그 무시무시한 숫자와 힘으로 정면에서 부딪칠 생각이 들지 않는다.

그렇기에 감숙 일대의 정파 세력이 할 일은 정찰을 위해서 최소한의 병력을 최전선 부근에 내놓고 감숙의 중심인 난주에서 수비적인 자세를 취할 수밖에 없었다.

"무림맹의 지원은 대체 언제 온다는 거지!"

"본단에 의하면 마교 본대가 완전히 감숙으로 들어왔을 때, 근처 세 지방에서 포위하여 습격한다고 합니다."

"에이이잇! 우리를 미끼로 쓰겠다는 것인가? 무림맹의 이름도 떨어질 때로 떨어졌구나! 이 이기적인 놈들!"

감숙은 단체이기주의에 극을 찍었다.

제일 먼저 무림맹의 명령을 거부하고, 공을 혼자 다 차지하겠다는 모습을 보인 건 다름 아닌 감숙이다.

만약 청해에서 퇴각하던 병력을 감숙에서 수용해서 전선을 지켰다면 이렇게까지 힘이 부족하지는 않았을 것이다.

헌데 이제 와서 무림맹이나 다른 정파 등을 탓하고 있으니, 정말 과연 이들이 제정신이 맞을까 싶었다.

덕분에 공동파를 비롯하여 감숙의 정파 세력은 정파 무림에서 손가락질을 피할 수 없었으며 큰 비난을 받게 됐다.

*　　　*　　　*

"우린 끝이다."

감숙의 중소문파를 이끄는 문주 중 한 명. 감객경(邯客敬)은 침통한 심정으로 동산 너머로 보이는 마교의 정찰대를 확인하고 음울한 표정을 지었다.

비록 마교의 본대가 아니라 정찰대지만, 정찰대가 보인다는 건 본대의 거리와도 별로 되지 않는다는 의미다.

감객경은 도망쳐야하나 아니면 이대로 싸워야하나 고민했다.

"끄흐으…… 죽는 걸 알고도 싸워야하다니."

하지만 이내 감객경을 다른 중소문파들과 함께 전선으로 나가야하는 것을 깨달았다.

만약 여기서 한 번도 싸우지 않고 후퇴한다면, 단 하루의 시간도 끌 수 없게 된다.

게다가 도주했다간 당연히 공동파 등의 감숙 본대에서

비난을 피할 수 없을뿐더러 심하면 역적 취급을 받을 수 있다. 그렇게 된다면 설사 무림맹의 지원에 의해 가까스로 살아남는다고 해도 문파는 제 기능을 할 수 없다.

특히 정파의 경우는 명예를 중시하는 법. 만약 그걸 무시했다간 문파의 미래는 티끌만큼 존재하지 않는다.

그렇다면 차라리 다른 중소문파들과 함께 싸워서 운 좋게 살아남아서 난주로 후퇴할 수밖에 없다.

"자, 모두 싸우자!"

"와아아아아아!"

그래도 희망은 잃지 않았다. 정찰대라도 처리한다면 약간의 사기라도 올려서 도주하는 데 도움이 될지도 모른다.

하지만 얼마 지나지 않아 그 희망은 곧 절망으로 변했다.

"정찰대가 오천이라니, 뭐 이딴……."

자고로 정찰대라는 건, 보통 싸우기 직전 적의 정세나 주변 지형 등을 확인하기 위해서다.

그 목적은 전투가 아니기 때문에, 보통은 치고 빠지기 위해 소수로 구성되어 은밀히, 그리고 빠르게 움직이기 마련이다.

하지만 마교의 정찰대는, 아니 솔직히 과연 정찰대가 맞는지 의아해 할 정도로 무식한 숫자였다.

"정파다!"

"마교의 교리를 보여주자!"

"힘 앞에서 그 어떠한 것도 무용일지어니!"

광신도 집단인 마교의 마인들은 감객경을 포함하여 그 일대의 중소문파들을 모두 학살하고 다녔다.

싸울 의지를 단 하나도 남기지 않을 만큼, 그 압도적인 무력 앞에서 모든 것이 무소용했다.

"크아아아악!"

"제발, 제발 그만……!"

"하하하하하하하!"

지옥이었다.

남자들은 죄다 잔혹무도하게 죽어나갔으며, 그중 얼굴이 반반한 몇몇은 남색을 탐하는 마인들에게 강간당했다.

여자들 역시 모두 제 몸 하나 간수하기 힘들었으며, 온갖 패악질로 가득했다.

힘이 모든 행위를 정당화할 수 있다는 교리인 만큼 마교도는 양심의 가책 따윈 하나도 느끼지 않으며 쾌락을 충족해갔다.

"어리석구나, 어리석어. 저 멍청이들은 아직도 우리를 이해하지 못하고 있구나."

오천이나 되는 정찰대에게 보고를 받은 노굉은 혀를 차면서 정파 세력을 비웃었다.

"정찰대 같은 것이 아니다. 이번 전선에 나간 이들은 모두 성질이 급한 놈들로 대충 쑤셔 넣었을 뿐이지. 하, 내가 봐도 정말 시원할 정도로 큰 매력을 지닌 군단이로구나."

한때, 아니 지금도 마교의 하나밖에 없는 두뇌라고 알려진 노굉도 더 이상 전술이나 전략을 펼칠 생각을 하지 않았다.

반대로 순수한 마인답게 마교의 무식하기 그지없는 행복에 속이 시원하다는 듯 미미하게 웃으며 즐거워하고 있었다.

'지금쯤이라면, 복인흥 그놈이 모두 마교에 현 상황에 대해 정보를 털어냈을 것이다. 하지만 그럼에도 불과하고 저런 태도를 보니 우리 마교를 이해하지 못했구나.'

노굉은 복인흥이 어떻게 지내고 있을지 대충 예상하고 있었다.

복인흥이라면 분명 자신이 알고 있는 정보를 차근차근 공개하면서, 목숨만큼은 부지하고 있을 것이다.

또한 머리가 좋은 그는 마교가 자신을 버렸을 것이라고 빠르게 판단하고 무림맹에 붙었을 터.

그렇다면 분명 마교의 행보에 대한 진실 또한 알려졌을 텐데, 아직까지도 감숙의 정파인들은 정찰대가 왜 오천인지, 왜 상식적으로 이해할 수 없는 전략과 전술 — 아니,

이상 행동을 하는지 의문을 제기하고 있었다.

"아아."

노굉은 황홀한 눈으로 전장을 살펴봤다.

숫자만 맞추고 있을 뿐, 어떠한 열도 작전도 짜지 않은 마인들. 그들은 그저 서로 기분이 내키는 대로 날뛰고 있었다.

심지어 그 행동이 무척 과격한 마인들은 심하면 아군을 죽이는 어이없는 짓을 하고 있었다.

그 증거로 청해를 정복하고 감숙에 오면서 약 천여 명의 사망자가 있었다. 근데 웃기게도 정파에게 당한 것이 아니고 그냥 서로 기분이 나빠서 죽였거나, 혹은 자신의 사냥감을 가로챘다는 등 어이없고 정신 나간 이유로 서로를 죽였다.

처벌? 그딴 건 존재하지 않았다. 천마가 몇 가지 제한을 걸어둔 걸 제외하면 알아서 하라며 상관하지 않는다.

"나에겐 신강밖에 없을 거라고 생각했는데, 어쩌면 이 감숙이 내 두 번째 고향이 될지도 모르겠구나."

정보에 의하면, 아니 굳이 정보를 얻지 않아도 무림맹은 감숙을 포위하여 전면전을 걸어올 것이다.

그렇다면 감숙에서 고금 역사상 가장 치열하고 규모가 큰 전쟁이 일어날 텐데, 노굉은 아직 일어나지 않은 일이

꿈에서 나올 정도로 흥분했다.

경지를 넘은 뒤로 마성을 조절할 수 있어서 몇십여 년 동안 이렇게까지 흥분한 적이 없던 노굉이다.

그는 실로 오랜만에 느껴보는 이 황홀한 감각에 즐거워했다.

'천마는 괴물, 아니 어쩌면 신일지도 모른다. 만약 이 정마대전에서 승리한다면 이 세상은 마교의 색으로 칠할 수 있다.'

사도련주가 성가시긴 하지만, 천마의 적은 아니라 생각했다.

사도련주는 무공도 무공이지만 자신처럼 생각이 많고 두뇌도 쓰는 부류다.

특히 그는 본인이 세운 계획이 틀어지는 걸 극도로 혐오하고 싫어하니 천마의 공격에 정신을 제대로 차리지 못하고 싸우기도 전에 주화입마로 쓰러질지도 모르는 일이다.

* * *

정파 무림 대부분이 감숙 땅에 도착하거나, 혹은 그 인근을 지났다. 각 지방에서 이류, 삼류 할 것 없이 병력을 긁어모은 덕분에 사만에 가까운 숫자가 됐다.

"마교가 벌써 난주 근처에 있다는데……. 아무래도 시간 내에 도착하기에는 무리인가."

안휘에서 떠난 무림맹주 지무악이 깊은 한숨을 내쉬었다.

하늘 아래 절대적인 여덟 명의 고수 중 한 명, 그리고 정파 무림을 이끌고 있는 지무악이 감숙으로 출전했다.

사천에서 당거종에게 복인홍을 심문하여 얻은 정보로 인해 무림맹은 심사숙고 끝에 병력을 이끌고 감숙으로 향했다.

특히 같은 무림팔존 중 일마인 천마를 상대하기 위해서 무림맹주의 출전은 필수였다.

상당한 속도로 감숙으로 향하고 있었지만, 안휘에서 감숙까지의 거리가 제법 되는지라 시간이 걸렸다.

"아미타불. 걱정하지 마시지요, 맹주."

무림맹에서 지무악과 동행하게 된 원종대사 말을 걸어 왔다.

"만약을 위해서 미리 집결한 무인들에게 마교의 움직임을 멈춰달라고 하지 않았습니까?"

"흠."

"특히 저쪽에는 무당신룡이 있으니, 시간을 끌어줄 것입니다."

감숙성, 난주 부근.

최근 이 일대 근처는 난장판이 따로 없었다.

마교의 본대에 의해서였다.

"크하하핫! 죽여라, 모두 죽여라! 여자가 있다면 모두 내 앞으로 데려와라!"

약 일천의 마인들을 이끄는 우두머리 중 하나, 광풍마검 (狂風魔劍) 조동철이 광소를 터뜨리면서 검을 휘둘렀다.

초절정 고수에 이르는 검술에 감숙의 중소문파 무사들은 별다른 힘을 쓰지 못하고 추풍낙엽처럼 쓰러져 갔다.

"젠장, 저 정도 되는 마두를 무슨 수로……."

감숙만이 아니라, 무림에서 십자검수(十字劍手)라는 별호로 나름대로 이름을 날리고 있는 서문찬(西門贊)은 눈을 음울하게 내리깔며 어찌해야 할지 고민했다.

"광풍마검은 초절정의 고수로 알려져 있소. 우리같이 중소문파 연합체가 무슨 수로 이긴다는 말이요?"

감숙에서 협의라면 첫째라는 일류 무인, 감숙협객(甘肅俠客) 형가(邢苛)가 패색이 짙은 얼굴로 중얼거렸다.

어젯밤, 최전선의 지휘를 도맡던 감객경에게 서신이 왔다.

이게 도착할 때 즈음 난 죽었을 거요. 마교의

정찰대는 정찰대가 아니오. 오천이나 되는 마인
으로 구성된 괴물들이오. 백 명 정도의 숫자는 줄
여보겠소. 무운을 비오.

핏방울이 얼룩으로 남은 누릿누릿한 서신 한 장.

그 한 장에는 비통함과 절망이라는 감정이 담겨 있었다.

"감객경 그 새끼……."

형가는 크흑, 하고 뜨거운 눈물을 흘렸다.

감객경은 감숙의 토박이로, 어릴 적부터 이 주변 일대에
서 나름대로 협의를 지키던 무사이자 중소문파의 문주였다.

형가는 감객경과 잘 맞아, 가끔씩 만나서 술 한 잔 하곤
했다. 그러나 이제 더 이상 그를 볼 수가 없었다.

"것 참, 그 친구도 정말 융통성 하나 없군. 오천이나 되
는 무식한 숫자를 봤으면 도망을 쳐도 될 텐데……."

서문찬이 혀를 차면서 쓰게 웃었다.

"허, 것 참. 남 말할 처지요? 십자검수 댁도 그냥 도망
치면 되지 않소."

형가는 눈물을 소매로 닦아내곤 어이없다는 듯이 웃었다.

이에 서문찬은 재차 한숨을 푹 내쉬며 쓴웃음을 지은 채
로 답했다.

"내 말이 그 말이오. 근데 어쩌겠소? 이 감숙은 내 고향

이고, 내 형제들이 있는 땅인데. 내 아내와 자식은 없는 대신, 감숙의 무인들과 함께 호형호제하는 사이인데 차마 버리고 갈 수 없소."

"하이고! 일류나 되는 양반이 참으로 어리석고만! 그 실력으로 도망친다면 살아남을지도 모를 텐데!"

서문찬과 형가를 중심으로 모인 무인들이 뒤쪽에서 떠들어 댔다. 그들의 숫자는 대강 삼백여 명밖에 되지 않았다.

"흥! 댁들도 마찬가지요. 끽 해 봤자 고기 방패밖에 되지 않는 자들이 무슨 생각으로 죽을 자리에 있는지 모르겠군."

형가가 삼백 명의 하급 무사들을 비웃었다.

"참 나, 우릴 너무 무시하는 거 아니요? 감숙에서 내 이름을 모르는 자가 없소!"

털보 수염이 인상적인 삼류 무사가 한 걸음 나서서 자신만만한 목소리로 외쳤다.

"오오오! 저거 그 유명한 일보실연(一步失戀)이잖아!"

"뭐라고, 그 일보실연? 한 걸음 걸으면 차인다는 그 사내?"

"으하하하하! 설마 저 인간이 여기 있을 줄 몰랐군!"

하하하하!

"쿵!"

털보 수염이 미간을 찌푸리면서 불편한 기색을 보였다.

부끄러운 별호지만, 그게 정말이라 차마 부정할 수가 없다.

얼마 전까지만 해도 털보 수염은 지저분한 수염과, 못생긴 얼굴 때문에 여자들에게 큰 인기를 끌지 못했다.

돈 많은 상인도 아니고, 무공이 강한 것도 아닌 그저 그런 맞고 다니지 않을 정도의 삼류 무인에 불과했다.

그래도 용기를 내서 연애를 해 보려고 몇몇 여인들에게 고백했건만 한 명도 빠짐없이 실연을 당했다.

아니, 정확히는 '당했었다.'

"자네, 이제는 일보실연이 아니지 않지 않나. 내 듣기론 최근 한 여자와 혼례를 앞두고 있다고 들었네만."

감숙에서 인맥이 넓고 깊기로 유명한 형가가 털보 수염에게 말을 걸었다.

"여기서 도망쳐도 의리를 잃은 사내라고 아무도 욕하지 않네. 이제 겨우 행복해질 녀석은 이런 장소에 어울리지 않아."

형가가 대놓고 축객령을 내렸다.

그러자 삼백 명의 하급 무사들도 모두 조용해졌다.

그 적막감 속에서 털보 수염이 피식하고 웃음을 흘렸다.

"암, 난 행복하오. 어릴 때부터 이 외모 때문에 연애 한 번 제대로 하지 못하고, 또 여자 앞에 서기만 하면 병신마냥 말을 더듬은 탓에 고백해도 차이기 일쑤였지."

털보 수염은 옛 생각이 생각나는 듯 아련한 표정을 지었다.

"하지만 지금 사랑하는 여자가 그런 나를 이해해 주고 받아줬소. 어떤 여자보다 사랑스럽고, 착한 여편네지. 날 만난 게 불행이야. 불행."

털보 수염은 우습다는 듯이 끌끌하고 웃어 댔다. 그러나 주변의 어느 누구도 결코 털보 수염을 비웃지 않았다.

"그 여자에게 거동조차 불편한 부모님이 있소. 얼마 전에 만나 뵈었더니, 내 손을 붙잡고, 평생을 모은 돈 주머니를 쥐어 주면서 딸을 데리고 도망쳐달라고 하더구먼. 단 한 번도 날 본 적이 없는데, 뭘 믿고 그런 돈을 맡기는지……. 세상물정 모르는 양반들이지. 분명 제정신이 아닌 게 분명해."

털보 수염은 으흐흐 하고 음산하게 웃어 댔다. 확실히 저 웃음을 보면 여자들이 도망칠 만하다.

"그렇기에 도망칠 수 없소. 사랑하는 여자가 늙은 부모를 보며 눈물을 흘렸소. 씨팔, 사내라는 놈이 어떻게 장인어른이랑 장모를 두고 도망칠 수 있소? 차라리 내 죽지,

죽어!"

털보 수염이 답답한 듯이 가슴을 부여잡고 피를 끓는 심성으로 외쳤다. 그 목소리를 들은 주변의 무사들이 한숨을 내쉬거나 웃음을 터뜨렸다.

"허이고, 지랄한다. 지랄해. 나라면 그 돈으로 꽁지 빠지게 도망쳤을 거다. 이놈아!"

"으하하하하! 맞아, 저거 진짜 멍청하구만!"

"에휴. 가끔씩 저렇게 목숨 아까운지 모르고 어이없는 새끼가 나타난다니까."

서문찬과 형가의 입가에도 진한 미소가 번졌다.

서문찬은 고개를 살짝 돌려 저 멀리서 자신과 같은 감숙의 정파인들을 도륙하고 있는 광풍마검, 조동철을 살펴봤다.

그러곤 다시 고개를 원래의 위치로 돌리고 손에 쥔 검을 들어 하늘을 가리켰다.

"적은 강하다."

삼백 쌍의 눈이 서문찬에게로 향했다.

"저기서 날뛰고 있는 광풍마검은 초절정 고수이며, 그 외에도 절정 고수와 일류로 가득하며 그 숫자가 무려 천 명이다. 게다가 한 시진도 되지 않는 거리에서 사천 명이 있을 테니, 아마 우린 죽을 것이다. 이건 거짓이 아니다."

서문찬은 사기를 얼마나 하락시킬 생각인지는 모르겠으나, 부정적인 말을 계속해서 이었다.

"게다가 공동파 등 감숙의 주요 세력의 지원도 기대하기 힘들다. 그들은 사만이나 되는 마교 본대의 공격에서 조금이라도 길게 버티기 위해 저 뒤쪽 난주에서 몸을 웅크리고 숨으니까."

"⋯⋯."

"하지만, 그만큼 우리 가족이나 친지도 안전하다는 의미다. 게다가 조금 있으면 멍청한 윗대가리들이 거부했던 무림맹에서 본대를 보내 준다고 하니, 어쩌면 난주가 무사할 수도 있다. 그걸 기대하도록 하자."

서문찬이 부드럽게 웃었다.

삼류 무사 중 한 명이 손을 들고 물었다.

"그럼 우리는?"

"저들과 싸워서 하루, 아니 반나절이라도 시간을 번다. 무림맹의 지원이 오기까지 조금이라고 시간을 끌어야 한다."

"그래도 개죽음은 아니라는 거군."

털보 수염이 만족스럽게 웃었다.

"이 싸움을 통해 얻는 것은 하루도 되지 않는 시간 정도다. 그 외에는 이름 하나 남길 수 없다. 아무도 우릴 알아주지 않는다. 기억해 주지 않는다. 그저 전멸한 무인 중 하나겠지."

서문찬이 표정 변화 하나 없이 절망적인 말을 했다.

"이봐, 말이 너무 많아! 연설하는 건 좋지만 저 코앞까지 마교 새끼들이 몰려왔다고!"

무사 중 한 명이 웃는 얼굴로 불만을 토해 냈다.

서문찬, 그리고 형가의 입가에 미소가 번졌다. 다른 삼백여 명의 무인들에게도 웃음이 번졌다.

"그럼……."

서문찬과 형가. 이 두 사람이 등을 돌리고 검을 치켜들었다.

검극은 천 명가량의 마인들을 향하고 있었다.

"죽으러 가자!"

"우오오오오!"

과연 삼백 명이 맞을까 싶을 정도로 천군(千軍)에 가까운 함성 소리가 주변 일대에 크게 울려 퍼졌다.

"광풍마검!"

삼백 명 중에서 제일 먼저 앞장 선 서문찬의 검이 광풍마검의 머리 위로 떨어졌다.

"호!"

조동철이 흥미롭다는 듯 눈을 빛냈다. 승산이 없는데도 투기를 발산하며 덤벼 든 서문찬에 대한 호기심이 제법 생겼다.

"나도 무시하지 않는 게 좋을 거다!"

형가가 조동철의 등을 노리고 검을 내질렀다.

"흥!"

조동철은 광풍마검이라는 별호에 알맞게, 검을 크게 휘둘러 검풍을 쏟아 냈다.

"크으윽!"

"젠장!"

서문찬과 형가가 거의 동시에 뒤쪽으로 물러났다.

"용감한 건지, 멍청한 건지는 모르겠으나 그 기백은 마음에 든다. 내 특별히 이름을 기억해 줄 테니, 이름을 대라!"

조동철이 크하하하 하고 소리 높여 웃었다.

"지나가던."

서문찬이 검을 제자리에서 한 바퀴 돌려 바로잡았다.

"감숙의 협객들이시다!"

형가의 외침과 함께 두 사내가 조동철에게 몸을 날렸다.

"죽어랏!"

서문찬을 일류 무인으로 만들어 준 십자검법(十字劍法)을 펼쳤다. 한 번 휘두르면 두 번 휘두른 것처럼 십자 모양의 잔상이 남겨지는 특성을 지닌 쾌검이다.

"흥."

조동철이 코웃음 치며 검을 휘둘러 거센 폭풍우를 만들었다.

"크윽!"

몸 전체를 압박하는 검풍에 서문찬은 도중에 버티지 못하고 다시 뒤로 몇 걸음 물러났다. 검은 조동철에게 닿지 못했다.

"너야말로 죽어라."

조동철의 손이 잔상을 남기며 사라졌다.

그 직후 검의 폭풍과 함께 조동철 고유 마공인 광마검이 공기층을 갈기갈기 찢으며 날아가 서문찬을 덮쳤다.

'이제 끝인가.'

第八章

광풍마검(狂風魔劍)

　초절정 고수가 괜히 초절정 고수라고 불리는 것이 아니
다.

　설사 절정 고수라고 하여도 초절정 고수 앞에선 그다지
오랜 시간을 버티지 못할 텐데, 일류에 불과한 서문찬이
광풍마검의 진심이 담긴 일격을 버틸 리가 없다.

　"흐랴아아압!"

　일촉즉발의 순간, 형가가 기합과 함께 몸을 날려 서문찬
의 몸을 낚아채고 바닥을 데굴데굴 굴렀다.

　정파의 무인으로서 뇌려타곤을 몸소 보여 준 것은 창피
한 일이었지만, 다행히도 서문찬은 그렇게까지 꽉 막힌 사

내가 아니었는지라 목숨을 구해 준 형가에게 솔직히 감사 인사를 전했다.

"크으으…… 형 소협, 고맙소."

"그러게 정신을 똑바로 차리…… 크아아악!"

형가가 말을 잇지 못하고 끔찍한 비명을 토해 냈다.

광마검을 피하는 데 성공했으나, 조동철이 곧바로 검을 재차 휘둘러 서문찬을 안고 있었던 형가의 등에 검상을 남겼다.

"형가!"

서문찬은 생명의 은인이 검격을 맞고 시체처럼 축 늘어지자 깜짝 놀라 그의 이름을 소리 높여 외쳤다.

그러나 검격이 상당히 강했는지, 형가는 눈을 감은 채로 도저히 일어날 생각이 없어 보였다.

"킁, 아주 꼴값을 떠는구만!"

조동철은 서문찬과 형가를 보고 헛웃음을 내뱉으면서 팔을 벅벅 긁었다. 살이 피부 위로 우수수 돋은 것이 보인다.

"뭐, 하지만 나쁘지는 않았다. 어차피 죽을 놈이니, 지금 죽건 나중에 죽건 똑같지."

일류 무인이 합격을 한다고 해도 초절정 고수는 이길 수 없다. 아니, 이기고 지고 문제가 아니라 상대가 되지 않는다.

설사 절정 고수라 하여도 승산이 낮으니까 말이다.

"으아아아아! 이 서문찬, 네놈을 길동무로 삼겠다!"

서문찬은 모든 공력을 담아 십자검법의 절초를 날렸다.

"흥."

조동철은 눈 하나 깜짝 하지 않고 코웃음과 함께 검을 휘리릭하고 재빠르게 휘둘러 서문찬의 절초를 가볍게 튕겨 냈다.

"이럴 수가……."

죽음을 각오하고 날린 절초가 허무하게 튕겨 나가자, 서문찬은 절망 어린 얼굴로 경악했다.

"고작 삼백여 명으로 우리 분대의 접근에도 겁먹지 않고 돌진해 오기에 어떤 정예인가 했는데, 정예는 무슨! 오합지졸이었어!"

조동철은 실망한 기색을 내보이며 주변을 둘러봤다.

"끄아아악!"

"아아악! 살려 줘!"

"어머니……."

"이 개자식, 그 손 놓지 못해!"

"조심해!"

주변의 상황이 좋지만은 아니었다.

아니, 정확히 말해선 절망적이었다.

한두 명도 아니고, 무려 칠백여 명이나 되는 전력 차도 전력 차지만 일단 개개인의 실력에서도 상당히 차이가 났다.

마교의 무공은 여타 무공에 비해서 단점이 상당히 많긴 하지만, 그만큼 강점도 여럿 지니고 있다.

예를 들어 축기의 속도가 높아서 삼류 무인이라 해도 그 내공은 이류 무인에 가까운 경우나, 혹은 파괴력 자체가 높다는 점이 있다.

'그래도 약간의 시간은 벌었나…….'

삼백여 명 중에서 벌써 이백여 명이 순식간에 죽어나갔다.

게다가 이쪽은 목숨을 걸고 전력으로 덤벼들었는데, 적은 대부분 노는 분위기였다. 크나큰 치욕이다.

그래도 이 싸움으로 적어도 하루 이상의 정비가 필요해질 것이다.

삼백 명의 목숨이 고작 하루라는 시간이라는 것에 입맛이 썼지만, 서문찬은 그래도 무언가 이뤄 냈다는 마음에 속으로 안도의 한숨을 내쉬며 다음 일을 걱정했다.

"큥, 괜히 시간만 낭비했구먼. 욕구도 제대로 풀리지 않고……. 이렇게 된 거 난주에 미리 도착해서 이 꿀꿀한 기분을 풀어야겠군그래."

'뭐라고?'

모든 걸 포기하고 있던 서문찬이 자신의 두 귀를 의심하며 고개를 천천히 들었다.

"응? 뭐냐, 그 얼굴…… 아아, 혹시 네놈. 시간을 끌었다고 생각한 건가?"

조동철이 씨익 하고 웃었다. 그 웃음은 마치 지옥에서 현세에 강림한 악마와도 같았다.

"멍청한 놈, 한 시진도 되지 않은 싸움에 뭐가 시간을 끌었다는 거냐? 반대로 네놈은 우리를 불만족하게 만들었다고. 크하하핫!"

"이 새끼가……!"

서문찬은 이를 빠드득 갈면서 검을 지면에 박고 몸을 지탱하며 겨우겨우 일어났다.

다리가 후들후들 떨리고, 단전에선 텅 빈 느낌이 묻어나는데도 서문찬은 쓰러질 생각을 하지 않았다.

눈동자에 담긴 불꽃을 활활 태우며 지금까지 죽어 간 무인들의 목숨을 쓸모없게 하지 않기 위해서 발악했다.

"내 목숨을 걸고서라도 너를……."

"지겹다. 그만 죽어라."

조동철은 서문찬을 질린 듯이 째려보곤 검을 휘둘렀다.

'분하다.'

느릿느릿하게 날아오는 검이었으나, 결코 피할 수 없는 일격이 주변의 공기를 빨아들이고 폭풍이 됐다.

서문찬은 저승사자가 자신의 목을 대신 지탱하고 있는 걸 느끼면서 비통해했다.

자신이 행했던 행동이, 그리고 남은 이백구십구 명의 동료들이 했던 행동이 모두 무의미했다는 것에 절망했다.

아니, 절망했었다.

째앵!

"뭐, 뭐냐!"

조동철은 비록 전력은 아니었으나 일류 무인을 죽이기에 충분했던 공력이 담긴 검이 튕겨 나가자 당황스러운 모습이 보였다.

그의 두 눈에는 바람에 흩날리는 도복 차림에 머리를 올려 묶은 청년이 좌수우권(左手右拳)을 펼치고 있는 것이 보였다.

'대체 언제?'

조동철은 자신의 검격이 실패한 것보다 초절정 고수인 자신이 눈치를 채지 못한 무인이 끼어들었다는 것에 경계했다.

"당신은……?"

서문찬도 의아한 눈으로 젊은 도사를 바라보며 물었다.

"잘 버텼습니다, 십자검수. 이제부터는 저희가 맡겠습니다."

"저희?"

와아아아아아!

질문의 답을 듣기도 전에 뒤편에서 함성이 터져 나왔다.

서문찬은 함성의 근원지로 고개를 황급히 돌렸다.

"아아……."

서문찬은 가슴이 박차 오르는 기분을 뭐라고 표현해야 할지 몰랐다. 하지만, 그게 긍정적인 기분이란 걸 알 수 있었다.

그의 시선 끝에는 그토록 기다리던 — 아니, 기대도 하지 못했던 지원을 온 정파인들이 늠름한 모습으로 서 있었다.

여기서 뼈를 묻을 것이라 생각했다.

지원은 결코 오지 않는다고 확신을 가졌다.

그렇기에 얼마나 시간을 끄냐, 라는 마음으로 싸워왔다.

죽음을 각오하고 살아 돌아갈 희망을 버렸다.

"으하하하, 좋아. 아주 좋아! 이래야 전쟁이지! 이래야 무림이지 않는가!"

조동철이 허리를 크게 젖히며 광소를 터뜨렸다. 그 눈동자는 살의로 뒤섞여 섬뜩하게 빛났다.

"애송이, 날 즐겁게 해서 고맙구나. 내 특별히 네놈만큼 고통 없이 보내주도록 하마."

조동철은 빈말이 아니라 정말로 정파의 지원에 순수하게 기뻐했다.

스스로의 무공에 대한 자부심이 대단했기에 지원 병력이 와도 별 위험이 되지 않을 것이라는 생각을 가지고 있었다. 설사 이천 명이건 삼천 명이건 크게 기뻐했을 것이다.

그건 광풍마검 조동철이 스스로 피가 튀고 죽음이 난무하는 싸움터를 즐겨 찾으면서 검을 휘둘렀기 때문이었다.

그만큼 광풍마검은 싸움이라면 환장하는 마두 중 하나였다.

"조심하십시오, 대협! 상대는 광풍마검이오!"

조동철에게 두 번이나 죽을 뻔했던 서문찬이 얼른 경고했다.

"설마 내 이름을 듣고 재미없게 도망치는 건 아니겠지?"

조동철이 이죽거리면서 젊은 도사를 도발했다.

'틀림없이 고수다.'

겉은 여유로웠으나, 그 속내는 전혀 아니었다. 조동철은 눈앞의 젊은 도사의 경지를 가늠을 수 없다는 걸 깨닫고 보통 상대가 아니라는 것에 잔뜩 긴장했다.

"내 광마검을 보여주마!"

젊은 도사를 경계하고 긴장했던 것과 달리, 제일 먼저

움직인 것은 조동철이었다.

이는 마교의 무공이 몇 가지 특수한 걸 제외하곤 대부분 매우 공격적이고 패도적이었기 때문이었다.

"크하압!"

조동철이 오른쪽 팔 근육에 잔뜩 힘을 주며 기합을 터뜨렸다. 콰지직하고 시퍼런 핏줄이 툭 튀어나온다.

그리고 오른손에 쥔 검을 부웅하고 힘껏 휘두르자 검기가 서로 맞물려서 폭풍우처럼 몰아치며 젊은 도사를 덮쳤다.

'끝이구나.'

서문찬은 지원자에게 찾아올 죽음을 차마 보지 못하고 두 눈을 꽉 감았다.

광풍마검은 일갑자를 넘게 산 마두 중 하나인 데다가, 알다시피 마교의 무공은 여타 무공에 비해 내공을 쌓는 속도가 상당히 빠른 편이다. 그러다 보니 일찍 요절하지 않고 계속 살아남는다면 그자는 상당한 내공을 쌓을 수 있다.

서문찬은 젊은 도사가 구파일방의 제자 중 한 명이라 생각했다. 하지만 아무리 구파일방의 제자라고 해도 광풍마검 정도 되는 마두의 검기 폭풍에는 버티지 못할 것이라 생각했다.

"흥."

하지만 그건 서문찬의 크나큰 착각이었다.

젊은 도사는 이 자리에 어느 누구보다도 더 많은, 압도적인 내공을 지니고 있었다.

그가 코웃음을 치며 왼쪽 손바닥으로 어마어마한 공력을 담은 장풍이 쏟아져 나오자 조동철이 나름 회심의 일격으로 날린 검의 폭풍이 모두 간단하게 소멸했다.

"무슨……."

조동철도 이번만큼은 도저히 웃지 못했다.

방금 전에 날린 일격은 구 할 이상의 공력이 들어가 있다. 마교 내부에서도 이 공격을 피할 자는 몇 없다.

그런데 젊은 도사는 피하기는커녕 정면으로 상대해서, 별일 아니라는 듯이 가볍게 검기의 폭풍을 소멸시켰다.

"이제 내 차례다. 참고로 마두를 봐줄 생각은 하지 않으니, 이 꽉 깨무는 것이 좋을 것이다."

젊은 도사는 조동철에게 친절하게 경고해 준 뒤, 지면을 튕기며 몸을 날렸다.

그 움직임은 감탄이 절로 나올 정도로 유연하고 부드러웠다.

마치 구름 위를 산책하듯, 보법을 운용하는 것이 아니라 걷는 것 같았는데도 눈 깜짝할 사이에 젊은 도사는 조동철의 코앞에서 주먹을 꽉 쥐고 나타났다.

"한 대."

별다른 초식을 쓴 것도 아닌데, 젊은 도사가 이후에 날린 주먹은 무시무시할 정도로의 위력을 자랑했다.

눈으로 좇아갈 수도 없는 속도, 거기에 주먹 한 번에 조동철을 검과 함께 날려 버렸다.

"끄으윽! 네 이놈, 정체가 뭐냐!"

검에서부터 전해져오는 충격량에 조동철은 더 이상 버티지 못하고 피를 울컥 토해 내며 물었다.

"무당파의 사대제자."

젊은 도사가 다시 발을 굴려 이동했다. 그 움직임을 제대로 쳐다보지 못한다면 눈이 따라갈 수 없을 정도였다.

'무당파의 사대제자, 뛰어난 무공, 설마······.'

요즘 젊은 무인들 중에서 가장 이름 높은 건 당연히 금위사범이자 최근에 무당신룡이라 불리는 남자다.

"진양."

"이런 쌍!"

조동철은 욕설을 내뱉으며 좌절했고, 서문찬은 환호했다.

무당신룡이 어떤 경위로 최근 이런 별호를 얻었고, 중원 무림에서 왜 인정받았는지는 상당히 유명하기 때문이었다.

유례없을 정도로 빠른 속도로 화경의 경지에 오른 자.

아직 이십 대인데도 불구하고 무림팔존 아래에 당당히

자리를 잡고 있으며, 정파인들에게 좋은 평가를 받고 있는 기대주.

"네 이놈, 죽어라!"

조동철은 강자와의 싸움을 싫어하지 않는다. 강자와 싸운다면 정체된 부분을 타파할 계기가 될 수 있으며 작은 깨달음을 얻어 더 강해질 수도 있기 때문이었다.

하지만, 그게 목숨을 건 싸움이라면 이야기가 달라진다. 아니, 굳이 그것만이 아니라 상대가 싸우는 의미가 없을 정도로 강자라면 이야기가 달라진다.

조동철은 그 싸움이 얼마나 미련하고, 의미 없는 짓인지 아주 잘 알고 있었다.

무당신룡과 정면으로 맞서고 있다는 사실에 조동철은 일단 후퇴하여 다른 마인들과 함께 합공할 생각이었다.

조동철은 진양과 약간의 거리를 벌린 뒤, 검을 가로로 크게 휘둘렀다.

쐐애애액!

매서운 파공성과 함께 마공 특유의 시커멓고 기분 나쁜 검기가 뿜어져 나와 진양을 향해 화살처럼 쏟아져 내렸다.

"이런."

진양은 눈살을 찌푸리곤 일단 가까이에 있는 서문찬의 목덜미를 붙잡은 뒤, 형가를 옆구리에 끼고 제자리에서 벗어났다.

다행히 그 속도가 상당히 빨랐는지라, 조동철의 검기 다발을 아슬아슬하게 피할 수 있었다.

"고, 고맙소."

벌써 세 번이나 죽을 위기에서 벗어날 수 있었던 서문찬은 감사 인사를 전했다.

"금창약은 있습니까?"

진양의 물음에 서문찬은 고개를 끄덕여 대답했다.

"친구분이 아직 살아 있으니 응급 치료를 해야 할 겁니다. 그리고 지원대 중에서 의원도 포함되어 있으니 한시라도 빨리 데려가 보십시오."

"형가!"

생명의 은인이 자기를 대신하여 죽었을 것이라 생각했던 서문찬은 깜짝 놀라며 형가를 살폈다.

확실히 진양의 말대로 미약하게 숨소리가 들리는 걸 보면 살아 있음이 분명했다.

서문찬은 품 안에서 금창약과 붕대를 꺼내서 형가가 입은 치명상을 치료하기 위해 정신이 팔렸다.

"그럼 나중에 뵙겠습니다."

서문찬과 형가를 안전한 장소에 데려다 준 진양은 발바닥에 공력을 담아 제운종을 운용하여 몸을 날렸다.

그가 바라보는 시선 끝에서는 저 멀리서 무림맹의 지원 병력과 부딪치고 있는 마교의 분대로 전속력으로 달리는 조동철이 있었다.

"이런, 썅!"

진양이 무서운 속도로 추격해오는 걸 느낀 조동철은 황급히 몸을 돌려 재 차례 검을 휘둘렀다.

검신에서 시작된 패도적인 기운은 검기 다발로 변해 무당신룡을 향해 쏟아져 내렸다.

'호신강기를 쓰기에는 조금 아까운 감이 있지.'

화경에 오른 이후, 강기를 다루면서 몇 가지 운용법을 터득했다. 그중 하나가 강기를 몸에 둘러 방어막처럼 쓰는 것이다.

보통 호신강기의 경우는 몇 초가량을 써도 내공의 소비가 극심하지만, 내공만큼은 무림팔존에 이르는 진양의 경우에는 큰 문제가 되지 않았다.

그러나 조동철을 제외하고도 쓰러뜨려야 할 적이 많기 때문에 진양은 괜히 힘을 빼지 않고 제운종으로 검기 다발을 피해 내는 것으로 타협을 봤다.

"말도 안 돼!"

한편, 검기 다발을 쏟아낸 장본인인 광풍마검은 진양이 구름 위를 밟는 것처럼 유려한 몸놀림으로 검기 다발을 손쉽게 피해 내는 걸 보고 경악을 금치 못했다.

"흠."

조동철과 거리를 좁힌 진양은 장력을 모아 시원할 정도로 깨끗한 일장을 날렸다.

손바닥에서 방출된 장력은 모이고 모여 풍압을 형성하고, 이윽고 장풍으로 변해 조동철에게 보이지 않는 공격을 선사했다.

"큭!"

조동철은 급히 검을 세우고 내공을 끌어 올렸다. 다행히 그 덕분에 장풍에 실린 공력을 미약하게라도 반발할 수 있었다.

'아직 삼십 대도 되지 않은 놈이 뭐 이런 무식한 내공을 가지고 있는가!'

조동철은 장풍에 실린 공력을 막는 것만으로 헉헉하고 지쳐 갔다. 그 증거로 온몸이 벌써 땀으로 범벅이었다.

"흥, 네놈이 그 유명한 무당신룡인가. 내 듣자 하니 북사호법이었던 복인흥을 포로로 잡은 장본인이라고 하더군."

조동철은 코웃음까지 쳐가면서 별거 아니라는 어조로 허세를 부렸다. 지친 체력을 조금이라도 회복하기 위해서였다.

"그래."

광풍마검과 마주 보고 서 있는 진양은 친절하게 답해 주었다.

"흐흐, 확실히 보통은 아닌 모양이로군."

조동철은 쾌재를 부르며 속으로 회심의 미소를 지었다.

'역시 구파일방의 비호 아래 자란 애송이답게 경험이 부족한 놈이구나. 나 같은 고수를 상대로 저런 여유를 부리다니. 멍청한 놈!'

마교의 초절정 고수는 절대 쉬이 볼 수 없는 상대다. 그들은 정사의 초절정 고수보다 강한 편에 속했다.

그런 상대를 앞에 두고 여유를 부리다니, 실로 어리석은 행위다. 이래서 강호에선 결코 자만에 빠지지 말라는 격언이 있는 것이다.

"내 듣자 하니 무당신룡의 무위가 화경에 이르렀다고 하던데, 솔직히 믿기 힘들군그래."

이건 거짓말이다.

사실, 보통의 강호인들이라면 대부분 진양처럼 나이가 어린 무인이 상승의 경지에 올랐다고 하면 대부분 믿지 않는다.

물론 이게 나쁘다는 것이 아니다. 상식적으로 믿기에는 힘든 허무맹랑한 소리이기 때문이었다.

그러나 마교도들이 보는 눈은 조금 다르다.

마교에서 나이 어린 고수의 등장은 흔하지는 않는 편이지만, 아주 없는 것도 아니다. 간간이 있다.

마교에는 여러 가지 편법이 있어, 흡성대법 등을 통하여 다른 무인의 내공을 흡수하거나 또는 그 외에의 여러 가지 사술을 통해서 어린 나이에도 강해질 수 있기 때문이었다.

그래서 그들은 무당신룡이라는 어린 화경의 고수의 등장에도 '그럴 수 있지.' 라면서 별로 의아해하지 않았다.

아니, 정확히는 의식조차 하지 않았다.

마교에게 있어선 알다시피 힘이 전부다.

마교에는 이 시대 특성은 극심한 남녀 차별도 존재하지 않는다. 남자건 여자건, 혹은 거세한 놈이건, 나이가 많던 적건 간에 절대적인 힘만 지니고 있으면 모든 걸 이해한다.

조동철은 진양이 어린 나이에 상식에서 벗어난 내공을 소유하고 있다는 것에 경악하긴 했지만, 거기까지였다.

그걸 못 믿는 눈치는 아니었다. 그저 놀랄 뿐이었다.

그 외에도 진양이 강기를 발현하지 않은 걸 보고도 화경의 고수라고 믿는 이유는 한 가지 더 있었다.

바로 화경이 아니라면 쓰러뜨릴 수 없는 활강시의 존재를 조동철이 알고 있었기 때문이었다.

복인홍 자체는 무인이 아니기에 절정만 되도 쉬이 잡을 수 있겠지만, 활강시는 다르다.

마교 내에서도 활강시를 두려워하는 자가 많다. 조동철도 그중 한 사람이다.

그렇기에 북사호법 복인홍은 제대로 된 무인이 아닌데도 사대호법의 자리에 올랐다.

그런 자를 붙잡을 수 있다면 화경의 고수 정도인데, 황중 협곡에서 흘러나온 소문과 정보에 의하면 진양이 맞다.

"믿든 말든 별로 상관하지 않아. 어차피 네놈을 죽일 테니까."

"허어, 도사 주제에 어찌 이리 살의가 많은고! 이제 보니 도사가 아니라 수라였구나. 장삼봉이 그리 가르쳤느냐?"

"아니, 단지 내가 네놈들을 싫어할 뿐이라서 그렇다."

'끄응. 별난 놈이군.'

무당파의 도사에게 개파조사인 장삼봉을 욕하는 건 용의 역린을 건드는 것과 같다. 도력이 깊은 도사 정도가 아니라면, 대부분은 좋지 않은 반응을 보이기 마련이다.

하지만 진양은 달랐다.

딱히 도발에 걸려들지 않는 척을 하는 것이 아니다. 얼굴이 철로된 것도 아닌데 미동조차 하지 않았다.

눈썹을 구부린 것도 아니었고, 눈동자도 평온 그 자체였다. 마치 자신은 장삼봉과 전혀 상관 없다는 듯.

게다가 더 웃긴 것은 스스로가 그냥 마교가 마음에 들지 않아서 죽이겠다고 하다니, 도사. 아니 정파인보다는 사파인이나 마교도에 어울리는 남자였다.

"이제 나도 하나 물어봐도 괜찮을까."

이번엔 진양이 조동철에게 말을 걸었다.

"너 정말로 초절정 고수냐?"

"뭐?"

조동철의 얼굴이 사납게 일그러졌다.

"과거에 내가 알던 초절정과는 많이 다른 것 같아서 그래."

진양은 농담이나 도발 따위가 아니라, 진심을 담아 물었다.

현재 그는 광풍마검이라 알려진 초절정 고수와 싸우면서도 고개를 갸웃하며 과거의 기억을 드문드문 짚어갔다.

'분명 벽력귀수와 같은 경지일 텐데, 이렇게 약했나?'

한때 손을 섞어봤던 벽력귀수는 나름대로 진양의 기억 속에서 큰 자리를 차지하고 있었다.

이곳 중원 무림의 차원에서 또 다른 삶을 살게 된 이후, 벽력귀수는 나름대로 강한 측면에 드는 무인이었다.

양의신공까지 써가면서 싸웠으니, 확실히 보통은 아니다.

물론 그 이후 활강시와 싸우게 됐지만, 정면으로 충돌하기도 전에 화경에 오르느라 손쉽게 처리했다.

어쨌거나 초절정 고수였던 벽력귀수는 나름대로 인정할 만한 적이었다. 기억에 남은 것이 그 증거다.

그런데 그때와 달리 지금은 — 너무 쉬운 감이 있었다.

보아하니 조동철이 실력을 숨기는 것 같지는 않다. 혹시 그가 초절정 고수가 아니라 절정 고수는 아닐까 싶었다.

"네 이노오오옴—!"

조동철의 노성이 터져 나와 쩌렁쩌렁 울렸다. 얼마나 분노했는지 눈이 벌겋게 충혈됐다. 그 안에 든 실핏줄이 툭툭 하고 끊어질 정도였다.

마인에게 분노란 항상 가지고 있는 것이지만, 그게 심해질 경우 걷잡을 수 없게 변한다.

특히 초절정 고수의 경우에는 평소에 그 분노와 마성을 제어하기 위해서 속으로 묵혀두고 있었다.

헌데 그걸 폭발시킨다면, 그동안 묵혀왔던 것이 반동으로 튀어나오게 된다.

조동철은 후퇴고 자시고 간에 눈앞에 이 건방진 애송이를 죽는 것보다 더한 고통을 받게 해 주겠다고 다짐했다.

"이런."

진양은 실수한 듯 혀를 찼다.

조동철이 화를 내건 말건 자신에게 딱히 피해는 없지만, 그가 뿌리는 공력이 다른 무인들에게 전해지면 전투에 방해가 된다. 그래서 진양은 조동철을 얼른 저지하기 위해 몸을 날렸다.

"죽어라아아아!"

조동철이 모든 공력을 담아 절초를 날렸다.

그의 별호답게, 사납고 매서운 바람이 미친 듯 불면서 검과 함께 진양의 전신을 압박하며 뿜어져 나왔다.

'눈깔 돌아간 걸 보니 완전히 이성을 잃었군. 아주 좋아.'

딱히 의도한 건 아니었지만, 내공을 소비하지 않고 간단하게 이길 수 있게 됐다.

진양은 멧돼지처럼 돌격해오는 조동철을 힐끗 살펴보곤 그대로 다리에 공력을 실어 땅바닥을 슥 훑었다.

콰아앙!

그저 발길질일 뿐이었는데, 폭탄이 터지는 것처럼 거대한 폭음과 함께 자갈과 모래로 뒤섞인 흙바닥이 뒤집혔다.

만약 이 자리에 정파인들이 있었다면 진양은 크게 비난받았을 것이다.

아무리 마교도가 상대라고 해도, 화경이나 되는 고수가 비겁하게도 땅바닥의 흙을 끌어 올려 파도처럼 만든 뒤에 조동철을 공격했기 때문이었다.

"크아아악!"

무식하게 돌격해오던 조동철은 그대로 모래 파도에 휩싸였다. 문제는 모래알이 모두 눈 안으로 들어가 끔찍한 고통을 자아냈다는 것이다.

"이 개새끼! 네 이노오오옴!"

진양의 터무니없는 행위에 열이 뻗친 조동철은 마구잡이로 검을 휘둘렀다.

화는 화대로 내고, 눈은 보이지 않으니 어쩔 수 없이 진양이 있는 곳이라 생각하는 장소로 검을 휘둘러야만 했다.

정파인으로서 부끄러울 만한 행동을 했는데도 진양은 뻔뻔한 얼굴로 바닥을 치고 조동철을 향해 화살처럼 쏘아져나갔다.

"개새끼가 아니라 사람새끼다."

시답지도 않은 농담을 지껄이며 진양은 상체를 슥 숙였다. 그 위로 조동철이 마구잡이로 휘두른 검이 지나갔다.

진양은 그대로 오른손으로 주먹을 쥐고 조동철의 흉부를 노리고 힘껏 휘둘렀다.

쐐애애애액!

주먹은 공간과 대기를 조용히 붕괴시키고 박살 내면서 그대로 치고 올라가 조동철의 심장 부근을 꿰뚫었다.

"커허억!"

광풍마검으로 이름을 날린 조동철이 두 눈을 부릅떴다. 모래알 때문에 그 눈은 피가 날 정도로 벌겠다.

심장을 단 일격에 파괴한 진양은 그대로 팔을 뽑아낸 뒤, 조동철의 흉부를 발로 걷어차 쓰러뜨렸다.

그러곤 조동철이 쥐고 있는 검을 빼앗아 광풍마검의 목과 몸을 분리시켰다.

진양은 조동철의 머리를 붙잡고 하늘 높이 들어 올리며 외쳤다.

"마교의 광풍마검을 나 무당신룡이 죽였다!"

第九章

적운검진(赤雲劍陣)

와아아아아!

광풍마검의 수급을 높이 들자 우레와 같은 함성이 터졌다.

특히 감숙의 무인들이 지르는 환호의 기세는 대단했는데, 그들은 지원을 포기하고 오늘 이 땅에서 죽을 것이라 생각했기 때문이었다.

그런데 무림맹의 지원뿐만 아니라, 요즘 무림에서 신진고수로 이름이 알려진 무당신룡이 나타나서 마교의 초절정 고수인 광풍마검 조동철을 너무나도 손쉽게 처리했다.

덕분에 감숙 무인들의 사기는 하늘 끝까지 치솟았다.

'늦지 않아서 정말 다행이야. 피해가 아주 없는 건 아니지만, 그래도 전멸은 면했어.'

수화사태가 이끄는 사천의 병력은 그대로 감숙으로 북진하여 마교의 본대보다 먼저 도착하게 됐다.

알다시피 마교의 숫자가 너무 많아 속도가 늦어졌기 때문이다.

"감숙에 생각보다 빨리 왔으나, 그렇다고 좋은 것만은 아니에요. 참모의 서신에 의하면 맹주님이 다른 병력을 이끌고 감숙으로 오고 있으나, 그쪽도 병력이 제법 있어서 시간이 제법 걸리는 모양이더군요."

사천에서부터 정파인들을 이끌고 온 수화사태가 말했다.

"그렇다면 이제부터 어떻게 할 생각이오?"

"저희는 마교의 본대부터 시작하여 정찰대, 분대 등의 움직임을 지켜보도록 합니다. 웬만하면 정면 승부는 피하세요. 완전한 태세를 갖추기 전까지는 부딪쳐 봤자 승산이 없으니까요."

"알겠소."

수화사태 및 수뇌부의 회의대로 원래 사천의 지원대는 움직일 생각이 없었다.

진지를 구축하고, 경계 태세를 강화하고, 마교의 움직임을 멀리서 지켜보며 전서구나 전서응을 이용해서 정보를 수집하고 보고하는 행위만 지속했다.

그러나 얼마 뒤, 마교의 정찰대. 정확히는 정찰대가 아닌 분대가 오천의 규모로 나뉘어서 감숙 일대에서 정복 행위를 하고 있다는 것이 알려졌다.

"인근에서 약 삼백여 명의 무인들이 마교의 분대와 충돌할 예정입니다."

"규모는?"

"우두머리는 초절정 고수로 알려진 광풍마검 조동철이고, 분대의 규모는 약 천 명 정도입니다. 속도를 보아하니 하루나 반나절 정도 뒤에 도착할 듯싶습니다."

정찰대원이 보고를 올리자 수화사태는 미간을 찡그렸다.

"이것 참…… 곤란하네요."

수화사태는 깊은 고민에 빠졌다.

숫자가 참으로 애매했다.

차라리 만 명의 병력이라면 안타깝지만 삼백 명의 무인들을 희생시키고 계속해서 가만히 지켜봤을 것이다.

하지만 적의 숫자는 오천. 그것도 마교의 본대와 거리가 제법 떨어져 있다.

"좋은 기회요."

선웅이 의견을 꺼냈다.

"오천이라면 우리들로도 나름대로 상대할 수 있는 숫자요."

이번 마교와의 전면전에 참가하기로 한 정파인들의 숫자가 사만이다. 다행히도 마교와 숫자가 비슷했다.

다만 그 병력은 마교처럼 한 곳에 모여 있지 않고 분산됐다.

현재 섬서로 집결하는 무인들이 약 만 오천 명이고, 곤륜파를 포함하여 다시 청해로 퇴각하는 무인들 역시 만 오천이다.

마지막으로 이곳 사천에 모이게 된 인원은 일만이었다.

일만 대 오천, 확실히 해볼 만한 싸움이다.

하지만 그렇다고 쉬이 움직일 수는 없었다.

"만약 놈들과 싸우는 도중 마교의 본대에서 지원이 오면 곤란해요. 어쩌면 저 싸움을 미끼로 두고, 저희를 제친 뒤에 사천을 정복하려는 걸지도 모르는 일이고요."

복인홍은 천마를 포함하여 마교가 아무런 생각도 없이, 힘에 취해 무식하게 돌진하는 것이라고 호언장담했지만 수화사태는 그 말을 전혀 믿지 않았다.

워낙 상식에서 벗어난 일인 데다가, 복인홍이 머리를 굴려서 무언가 함정을 파려는 것이라고 생각했기 때문이었다.

"큭, 그들에겐 어쩔 수 없지만……."

도기철도 삼백 명의 무인들을 못 본 체하는 것을 찜찜해했지만 어쩔 수 없다는 표정을 짓고 있었다.

그도 한 사람의 가주로서, 또 우두머리로서 다수를 위해 소수를 희생해야 할 때도 있다고 생각했다.

"그렇다면 따로 별동대를 운용하는 건 어떻습니까?"

회의에 참석하긴 해도 대부분 침묵으로 일관하던 진양이 의견을 꺼냈다.

"별동대?"

선응은 설명을 요구한다는 시선으로 진양을 쳐다봤다.

모두의 시선이 자신에게 몰리자 진양은 자신의 생각을 말로 옮겼다.

"예. 정보에 의하면 오천 명은 마교의 본대처럼 뭉쳐 있는 것이라, 각각 천 명씩 짝지어 다섯 개의 분대로 나뉘어서 행동하고 있습니다. 그렇다면……."

"과연, 각개격파를 노리는 건가요."

수화사태가 진양의 생각을 꿰뚫어 봤다.

"확실히 무당신룡의 전략은 나쁘지 않군그래."

마교를 앞에 두고도 가만히 있어야하는 사실에 몸이 근질근질하고 마음에 들지 않았던 도기철이 반색했다.

"도 가주님의 말대로 확실히 나쁘지 않지만 위험성도

빠뜨릴 수 없어요. 천의 숫자로 오천을 각개격파하려면 상당한 실력을 지닌 정예로만 구성되어 있어야 해요. 문제는 혹시라도 이게 함정이고, 천을 상대하다가 나머지 사천에게 포위된다면 끝이라는 겁니다."

수화사태가 딱딱하게 굳은 얼굴로 부정적인 의견을 꺼냈다.

확실히 그녀의 말에도 일리가 있다. 정예로 구성된 천명을 보냈다가 패배한다거나 하면 뼈아픈 손실이다.

"너무 몸을 사리는 거 아니요? 그렇게 생각하면 우린 무엇과도 싸울 수 없소이다."

도기철이 탐탁지 않아하는 목소리로 말했다.

"아니, 그녀의 말이 맞소."

회의에 참석한 사람들 중 한 명이 수화사태의 의견에 맞장구쳤다. 모두의 시선이 다시 그쪽으로 옮겨갔다.

동네 푸줏간의 주인처럼 왠지 모르게 친근한 인상을 풍기고 부드러운 기도가 흐르는 도인이었다. 그러나 선응이나 진양처럼 도복에 태극이 그려져 있지는 않았다.

"청성도검 장문인."

현재 사천의 병력을 겉에서 전체적인 상황을 내다보고 지휘를 이끌고 있는 건 무림맹 장로인 수화사태다.

하지만 겉이 있다면 안도 있는 법. 수화사태와 달리 야

전(野戰)에 나가서 부대를 세세하게 조율하며 안쪽에서 지휘하는 이도 있었다.

바로 아미파와 함께 사천을 본거지로 둔 청성파의 장문인인 청성도검(靑城道劍) 여평탁(呂平卓)이다.

"비록 겁쟁이처럼 보여도 우리는 몸을 사릴 필요가 있소. 도 가주도 알다시피 마교와의 전쟁이 끝난다면 그 간악한 사도련이 덤벼들 겁니다. 정마대전의 승리도 중요하지만 피해를 최소화할 필요도 있소."

"끄응."

여평탁의 날카로운 지적에 도기철은 뭐라 반박하지 못하고 앓는 소리를 냈다.

"하지만."

여평탁이 이를 뿌드득 갈며 분노로 불타올랐다.

"그렇다고 이 좋은 기회를 놓치기는 아깝다고 생각하오. 위험성이 다분하긴 하지만 그래도 싸울 만합니다. 내가 앞장서겠소."

"……."

청성파 장문인, 여평탁의 발언에 좌중의 모두는 압도되어 쉽게 말을 꺼내지 못했다.

'쯧쯧. 이해를 못 하는 건 아니지만 완전히 이성을 잃었군.'

'아미타불. 청성도검의 모습을 보아하니 제어할 수가 없구나. 내 어찌할 수도 없고⋯⋯ 어째야 할지.'

'그렇지만 나쁘지 않은 작전이다.'

현 무림에서 마교를 제일 증오하는 세력을 꼽자면 곤륜파라 할 수 있다.

곤륜파는 대대로 신강과 붙어 있어서 마교와의 접점이 항상 많았기 때문이고, 이번엔 마교의 본대 때문에 곤륜산을 포기하게 되는 치욕도 맛보게 됐다.

그렇다면 현 무림에서 마교를 제일 증오하는 사람은 누굴까?

아마 백이면 백, 청성도검 여평탁을 꼽을 것이다.

시간을 거슬러 올라가 마교의 첫 습격으로 알려진 용봉비무대회 때, 제일 소란스러웠던 건 역시 무림맹의 장로들의 죽음이었다.

그중에선 청성파에서 파견 나온 무림맹의 장로가 있었는데, 문제는 그 장로가 여평탁의 사제였다.

체폭골우공을 정면으로 맞지 않아서 시신을 거둘 수 있었지만, 사형제의 끈끈한 애정과 연을 과시하기로 유명한 여평탁은 하나밖에 없는 사제의 죽음에 그날 마교를 비롯하여 사도련을 단 하나도 남기지 않고 멸하기로 맹세했다.

물론 용봉비무대회 사건은 사실 마교가 꾸민 일이 아니라 사도련주가 이면에 있었으나, 여평탁은 신경 쓰지 않았다.

아니, 정확히는 이미 머릿속이 분노로 가득 차서 앞에 보이는 것이 없다고 하는 것이 맞았다.

'현재 청성도검은 공과 사를 구분하지 못한다.'

이 때문에 여평탁은 현재 청성파 내부에서도 장문인의 자질이 부적절하다고 판단됐다.

분노와 증오로 이성이 반쯤 나가고, 감정에 맡겨서 움직이고 있다. 한 단체의 우두머리로서는 자격이 부적절했다.

하지만 그런데도 여평탁이 아직도 장문인으로 있는 연유는 그가 굉장히 뛰어난 인물이었기 때문이었다.

그렇지 않아도 정마대전이 이제 곧 일어나려 하니, 한 사람이라도 뛰어난 사람이 필요하다.

여평탁은 본인의 무공뿐만 아니라, 전술에도 상당한 재능이 있었다. 그 덕분에 여평탁이 이끄는 청성파의 검수들이 보이는 합격검진은 역대 최강이라 불릴 정도였다.

이 힘을 그대로 버리기 아깝다고 생각한 무림맹과 청성파는, 어차피 마교와 전쟁을 할 테니 여평탁을 이대로 두고 분노와 증오를 풀게 놔두자는 의견을 꺼냈다.

그가 딱히 미치거나 주화입마에 걸린 것도 아니고, 앞으로 싸울 마교도들을 미워하여 힘 좀 쓴다니 굳이 손을 쓸 필요가 있나 하고 생각한 것이다.

그러니 딱 한 번만 믿어보고, 만약 정마대전 도중에 큰 실수를 하게 된다면 그걸 책임으로 장문인 자리에서 밀어내자고 의견이 통합됐다.

다만 그만큼 여평탁의 존재는 다른 사람들에게 있어 굉장히 불안했다.

미친 건 아니었지만, 그렇다고 정상이라 부를 수도 없다.

확실히 전장에서 뛰어난 재능과 힘을 발휘하겠지만 마교도에 대한 것 때문에 혹시라도 잘못된 판단이라도 하면 어쩌나 싶은 것이다.

알다시피 전쟁이라는 건 지휘관에 따라서 판도가 결정나는 법이니 말이다.

감숙에 오기까지 여평탁이 딱히 미치거나 혹은 터무니없는 행동을 하거나 하지는 않았지만, 여전히 양날의 검인 여평탁은 수화사태나 다른 수뇌부에 있어서 못 미더웠다.

"후우, 어쩔 수 없네요. 청성파 장문인의 말씀에도 일리가 있습니다. 그렇다면 무당신룡의 의견을 받아들여, 지금부터 한시라도 빨리 천 명의 정예를 뽑아서 출진시키죠."

"알겠소."

"별동대의 대주는 청성파 장문인께 맡기겠습니다. 부대주는 저희 아미파 쪽에서 한 사람을 선별하여 보내도록 하지요."

혹시 모를 상황을 대비하여 대주인 여평탁을 감시하겠다는 의미였다. 다른 수뇌부들도 그걸 눈치채고 고개를 끄덕였다.

"무당신룡께서는 동년배에서 듣자 하니 모용세가의 소가주와 친분이 있으시다고 하던데, 맞나요?"

"예."

"그렇다면 그를 포함하여 동년배 중에서 실력 좋은 정예들을 데려와 주시기 바랍니다. 또한 화경의 고수이시니, 이번 별동대에서 청성 장문인과 함께 앞장을 서셔할 듯싶습니다. 괜찮은지요?"

"제가 꺼낸 작전이니 당연히 그래야지요. 제 의견을 받아들여주셔서 감사합니다."

이렇게 되어 청성파 장문인 여평탁을 필두로 하여 진양은 천 명의 별동대와 함께 서문찬과 형가가 있는 감숙의 무인들과 합류하게 되어 각개격파 작전에 참여하게 됐다.

"과연, 그렇게 된 것이었군요. 무당신룡 대협의 구명지은은 잊지 않고 언젠가 꼭 갚도록 하겠습니다. 감사합니다."

진양에게 어떻게 된 사정인지 듣게 된 서문찬은 공손하게 포권을 하여 생명의 은인에게 감사 인사를 전했다.

"저는 괜찮습니다. 그리고 서 소협께서는 죄송한 말이

오나, 중상이 아닌 한은 다른 생존자들을 이끄셔서 저희와 함께 싸워야 할 듯싶습니다."

"죄송하다니, 그런 말 하지 마십시오. 저와 형가…… 아니, 저희 감숙의 무인들을 구해 주셨으니 돕는 것은 당연합니다."

*　　　*　　　*

이후, 별동대는 광풍마검을 잃은 마교의 분대와 정면 승부를 하게 됐다.

"광풍마검이 죽었다! 그다음으로 내가 강하니, 이제 나를 따르라! 으하하!"

보통 전쟁에서 우두머리의 수급을 높이 들어 죽음을 적들에게 확인시켜 주면 사기가 떨어지기 마련이다.

하지만 정신이 반, 아니 반 이상 맛이 간 마교도들에게는 통하지 않았다.

어이없게도 광풍마검 다음으로 강한 마인이 나와서는 자신이 지휘한다며 크게 기뻐했다.

다른 마인들도 별로 신경 쓰지 않는 눈치였으며, 심지어 몇몇은 새로 뽑힌 지휘관을 부러운 눈길로 쳐다봤다.

"복수할 만한 가치가 있겠구나."

청성의 장문인, 여평탁이 분노로 활활 타오르는 눈으로 전장을 훑어봤다.

피와 싸움에 굶주린 마교도가 광기에 뒤섞인 웃음소리를 내면서 정파와 엎치락덮치락 섞여서 싸우고 있었다.

"청성은 들어라."

청성의 장문인이 별동대를 지휘하다 보니, 자연스레 별동대의 인원도 대부분은 청성파였다. 그 숫자가 무려 오백이었다.

"눈앞에는 씹어 죽여도 시원치 않을 마인들이 날뛰고 있다. 정파 무림 이름 아래, 그리고 청성의 이름 아래 저들을 결코 용서하지도 말고, 아량을 베풀지도 말아라."

여평탁의 목소리에는 내공이 실린 덕분에 소리치지 않아도 주변의 정파 무인들에게 전해질 수 있었다.

"적운검진(赤雲劍陣)을 준비해라."

청성파에는 원래 이렇다 할 합격진 등의 진법이 존재하지 않는다. 있다고 하여도 삼재진 등의 아주 기초적인 것뿐이다.

하지만 여평탁이 장문인에 오르면서 사정이 달라졌다.

청성도검 여평탁은 말했다시피 전술과 전략, 그리고 진법에서 상당한 재능을 지니고 있었다. 그 실력은 제길세가에서 봐도 절로 탄성을 내지를 정도였다.

이에 여평탁은 청성의 장문인에 오른 이후에 청성에서도 진법을 수련하고 연구할 수 있도록 방침을 바꿨다.

그 덕분에 최근의 청성은 나름대로 진법을 구사할 수 있었는데, 그중 하나이자 이제는 청성파의 절기 중 하나로 뽑히는 것이 이 적운검진이었다.

'붉다……'

적운검진을 펼친 청성의 무인들이 있는 곳에서 붉은 구름이 일어나는 괴현상이 일어났다.

다행히 피를 머금은 듯한 구름이 아니라, 노을 하늘에 떠오른 붉은 구름이었는지라 그렇게까지 섬뜩하게 느껴지지는 않았다.

그러나, 문제는 청성파에서 흘러나오는 살기였다.

특히 장문인인 여평탁을 중심으로 확장된 살기는 아름답게 보여야 할 노을빛 구름을 왠지 무섭게 보이도록 만들었다.

'저게 청성파의 비장의 절기 중 하나, 적운검진!'

적운검진은 여평탁이 청성파의 상승 검법 중 하나인 청운적하검(靑雲赤霞劍)을 수련하던 도중 깨달음을 얻고 만들었다.

아무리 깨달음을 얻었다고 해도 이런 검진을 만드는 건 어렵다. 아니, 단순히 어려운 수준이 아니라 천재가 운이 따라주지 않으면 만들지 못하는 수준이다.

괜히 무림맹과 청성파가 분노로 인해 이성을 반쯤 잃은 여평탁을 내쫓지 않고 정마대전에 참여시킨 것이 아니다.

어쨌거나, 이 적운검진은 이름에도 알 수 있다시피 진법을 펼치면 붉은 구름이 나타나는 것이 특징인 진법이었다.

적운검진의 영향권에 들어가면 환각을 보는 것처럼 주변의 공간이 일그러져 붉은 구름으로 시야가 가려지는 것이 특징인데, 더 대단한 특징 중 하나가 바로 적운검진은 최소 인원인 열 명만 맞추면 인원수에 제한이 없다는 점이었다.

"불길하구나, 불길해. 푸르러야 할 청성의 구름이 어찌 저리 붉은고……."

이번에 여평탁의 감시자이자 별동대의 부대주로 선별된 아미파의 수혜사태(守惠師太)는 눈살을 찌푸렸다.

벌써 마흔인데도 삼십 대 정도로 보이는 동안인 수혜사태는 수화사태의 사매이기도 하다.

"사부님, 적운검진은 원래 저러한 특징을 지닌 진법인데 뭐가 그리 불길하다고 하시는지요?"

수혜사태의 곁에 있던 비구니가 물었다.

연령대를 보아하니 이십 대 초반 정도 될 듯싶었는데, 그녀는 수혜사태의 제자인 호지란(呼地蘭)이었다.

"지란아, 강한 분노와 증오심에 몸과 마음을 맡기면 어찌 되는지 알고 있느냐?"

"그야, 심마(心魔)에 물들지 않습니까?"

"그래, 잘 알고 있구나. 큰 분노와 증오에 미쳤다간, 더 이상 사람으로 돌아올 수 없다. 그저 짐승일 뿐이지."

"왜 그러한 걸 물으셨는지 여쭤 봐도 괜찮은지요?"

"내 보아하니 청성의 장문인께서는 이미 몸과 마음 모두 대부분이 옳지 못한 감정에 물들은 것 같구나."

"사부님, 하오면 청성의 장문인은 이미 심마에 빠져 있다는 이야기신데……. 그렇다면 진작에 주화입마에 빠졌거나 혹은 이성을 아예 잃어야 하지 않습니까?"

호지란은 하늘같은 사부의 말에 이해하지 못하는 표정을 지었다.

무공을 배우는 자의 입장에서 심마란 치명적이다.

무공은 신체와 정신의 건전한 합일이 요구된다.

특히 정신의 일정한 유지가 중요한데 거기서 마음의 병, 즉 심마를 입을 경우 절망 등 부정적인 감정 때문에 주화입마를 불러 목숨까지 위험해진다.

혹은 영영 정상으로 돌아올 수 없을 만큼 본래의 자신을 잃고 광인(狂人)이 되기 마련이었다.

하지만 그녀가 보기에 청성의 장문인은 딱히 광인이 된

것 같지도 않았고, 그렇다고 치명적인 주화입마에 빠진 것
도 아니었다.

도리어 여평탁에 대한 강호의 평가가 너무 야박했다고
할 정도로 압도적인 위압감과 힘을 보여 주고 있었다.

"지란아, 너도 느꼈겠지만 청성의 장문인을 중심으로
피부가 떨릴 정도로의 살기가 나오고 있단다. 저건 결코
정상이 아니다."

수혜사태는 무엇이 그리 두려운지 눈동자를 떨었다.

"한순간도 아니고, 전장에 도착하자마자 저런 모습을
보이는 건 결코 정상이 아니란다. 게다가, 더욱 무서운 건
무엇인지 아느냐?"

"이 제자가 아둔하여 사부님에게 원하는 대답을 드리기
가 힘듭니다. 가르침을 부탁드립니다."

"청성의 장문인은 마교를 멸하겠다는 일념 하에 심신을
유지하고 있는 게다."

"그렇다는 건……."

"그래. 심마에 빠져서 주화입마가 찾아온다면, 당연히
몸과 정신을 제대로 유지할 수 없지. 청성의 장문인의 몸
과 정신은 그걸 알고 있어 본능적으로 주화입마를 피하고
있는 게야. 좀 더 효과적으로, 확실하게 마교를 멸할 수 있
도록."

쉽게 말하자면 여평탁의 마교를 향한 복수라는 일념 하에 주화입마 자체를 무의식적으로 억제하고 있었다는 소리였다.

주화입마에 빠지면 대부분이 죽거나, 혹은 생명을 구해도 무공을 더 이상 쓸 수 없는 폐인이 된다.

하지만 그렇게 되면 마교에 제대로 된 복수를 이룰 수 없으니, 저런 살기의 폭풍을 방출하면서도 미치지 않을 수 있었다.

"주화입마를 억제할 정도로의 복수심이라니, 그래서 더 무서운 게다. 게다가 도가심법은 마음과 정신을 맑게 해 주고, 평정을 유지하게 하는 특성을 지니고 있단다. 그런데도 저런 모습이라니……."

그만큼 여평탁의 증오와 분노. 그리고 복수를 향한 일념이 상상을 초월한다는 뜻이었다.

"어쩌면 고금 아래 최악의 복수귀의 탄생일지도 모르겠구나……."

*　　*　　*

"하아아앗!"

이합쌍검이란 별호답게 진소와 진하는 서로 등을 맞대

고 마교의 무사들을 상대했다.

"으헤헤헤, 고것 참 살결이 부드러울 것 같구나! 괜히 정파에 놀지 말고 우리와 함께 질펀하게 놀지 않겠느냐!"

진소와 진하의 미모에 반한 마교 무사들이 음흉하게 웃으며 다가왔다.

"흥!"

진소는 고민하지 않고 방금 음흉하게 웃은 마교 무사의 목젖을 검으로 찔렀다. 푸욱 하고 살이 꿰뚫렸고, 검을 다시 빼자 피가 분수처럼 쏟아졌다.

"꺽꺽!"

"우리 이합쌍검을 화나게 하지 않는 게 좋을 거야!"

진소가 의기양양하게 말했다.

"사내란 것들이 여자들이나 집중적으로 괴롭히고, 부끄럽지도 않느냐아!"

"무당신협이다!"

무당신룡 만큼은 아니지만, 진성도 무림에서 제법 유명했다.

특히 진성의 경우, 무당제일검 청곤과 함께 중원을 돌아다니면서 협의를 펼치고 마두를 소탕하는 등의 공적을 세웠다.

"무당의 태청검법이다!"

"저자가 무당제일검의 뒤를 이을 신진 고수인가?"

무당신룡이라는 별호가 지닌 명성이 너무 높다보니 가려졌지만, 사대제자 중에서 진양 다음으로 유명인은 진성이었다.

진성의 부위 자체가 일단 절정의 수준인 데다가, 그의 장기이자 무당의 절기 중 하나인 태청검법은 청곤이 즐겨 쓰던 무공 중 하나였다.

그 덕분에 많은 사람들이 진성을 보고 청곤을 떠올렸고, 자연스레 다음대의 무당제일검이 아닐까 생각했다.

"모용세가의 힘을 보여주도록 해라!"

약 백여 명의 무사들을 이끌고 온 모용세가의 소가주도 장기이자 쾌검으로 유명한 섬광분운검을 펼치며 활약했다.

"흐랴아아압!"

도연홍과 도가장의 무사들 역시 크게 활약했다.

특히 도가장의 경우는 청성파와 마찬가지로 마교의 무사들을 격렬하게 혐오하기에, 그 기세도 대단했다.

청해에 있을 때부터 마교와 붙어 있어서 역사적으로도 악연이기도 하고, 이번에 청해를 정복당했으니 그 분노가 보통이 아니었다.

'아버지에게 별일이 없기를 바라자.'

참고로, 원래 도연홍은 예정대로였다면 그녀의 아비이자 일도양단으로 유명한 도기철과 함께 청해로 떠났어야 했지만 도연홍은 스스로 이곳에 남기를 원했다.

아버지도 아버지지만, 진양이 걱정되기도 하고 또 그와 좀 더 함께 있고 싶어서였다.

이에 도기철은 걱정하는 눈치였지만, 의외로 쉽게 알겠다며 허락했다.

하나밖에 없는 딸을 최전선에 놓고 가는 것은 불안하긴 하지만, 그렇다고 아주 멀리 떨어지는 건 아니었기 때문이었다.

청해의 정파 세력도 청해로 되돌아가서 퇴로를 차단하긴 하지만, 거기서 또 분배되어 감숙으로 향한다.

어차피 최종 결전에선 같은 감숙 땅에서 함께하기 때문에 도기철은 진양에게 딸을 잘 부탁한다며(?) 도가장의 정예 몇몇을 남기고 마교 본대의 후방으로 이동했다.

'약하다.'

한편, 젊은 무인들의 중심인 진양은 방금 전 절정에 이르는 마교 무사의 목덜미를 비틀어서 꺾어버린 뒤에 무엇이 그리 마음에 안 드는지 눈살을 찌푸리고 있었다.

'개개인의 무력이 약하다는 건 아니야. 이 정도면 나쁘지 않아. 하지만 부대인데도 어떠한 협력성도 없이, 그저

자기들 멋대로 움직이고 있다. 마교는 정말로 무식하게 힘만으로 밀어붙일 생각인가?'

마교 분대의 움직임에 의문이 든 진양은 근처에 지나가던 마교 무사 중 한 명을 잡아 두 팔을 부러뜨렸다.

"으아아악!"

우드득 하고 요란한 소리가 울리면서 마교 무사의 비명도 함께 터졌다.

그 뒤에 진양이 마교 무사의 멱살을 낚아챘다.

"커허억!"

마교 무사가 진양에게 멱살이 붙잡혀 허공에서 허둥댔다. 지면에 발이 닿지 않아 마교 무사는 물에 빠진 사람마냥 허공에서 허우적거렸다.

"왜 아무런 작전도 없이 행동하는 거지?"

"머, 멍청한 놈아. 작전이 있을 리가 없지 않느냐. 애초에 우린 그냥 기분 좀 풀어보려고 선발대에 지원한 것뿐이다!"

"……스트레스 해소?"

"스, 스투레수? 무슨 말을 하는지 모르겠지만 목숨만 살려준다면 내가 알고 있는 건 모두 알려 주겠……."

"필요 없어."

진양이 볼일 없다는 듯 손에 쥔 마교 무사를 던졌다.

'아무리 그저 단순한 선발대라고 해도 너무 약하다. 싸움이 쉬워도 너무 쉬워.'

별동대가 확실히 정예만 뽑혔지만, 그렇다고 압도적이진 않다. 원래 진양과 수혜사태는 치고 빠지는 작전을 생각했다.

하지만 청성파가 적운검진으로 압도적인 강함을 보이며 적들을 쓸어버리는 걸 보고 생각이 바뀌었다.

이들에게 솔직히 진법으로 상대하는 건, 사치라 생각할 정도다.

그만큼 조악하고, 약하고, 어이없었다.

'정말로 이게 다 끝인가? 함정도 아니고……. 그냥 이런 단순한 것이 끝이라고?'

第十章

쌍부혈객(雙斧血客)

　별동대가 천 명의 마인들을 척살하는 데는 그다지 오래 걸리지 않았다. 특히 무려 오백 명으로 운용하는 청성파의 적운검진 덕분에 별동대에서도 사망자가 거의 발생하지 않았다.

　"도망치는 마교의 잔당들을 처리해라."

　제대로 된 싸움이 되는 것도 아니고, 일방적으로 밀어낸 덕분일까 마교도들은 겁을 먹고 도망쳤다.

　하지만 여평탁이 그걸 놓칠 리가 없다. 그는 청성파뿐만 아니라 별동대에게 잔당을 한 명도 놓치지 말고 모두 처리하라는 명령을 내렸다.

"장문인, 그렇다면 투항하는 자들은 어떻게 하실 생각이십니까?"

수혜사태가 물었다.

"당연히 살려 둘 수 없소. 도망을 치든 투항을 하든 간에 마교도들은 모두 죽어야 하오."

"……하지만."

"하지만은 없소, 수혜사태. 아무리 부처께서 살생을 금하시라고 해도 마교놈들에게는 통용되지 않는 말이오."

여평탁이 강한 거부감을 드러냈다.

"마교도는 사람도 짐승도 아니요. 그 이하의 벌레보다 못한 존재들이니, 죽여도 부처께서 용서할 테니 걱정하지 마시오."

수혜사태는 여평탁의 굳은 살의를 보고 결국 아무 말도 하지 못하고 돌아서야만 했다.

여평탁이 이성을 잃고, 잘못된 판단을 하는 것도 아니다. 반대로 마교와의 싸움에서는 누구보다 더 활약하고 있었다.

실제로 별동대에서 여평탁의 뛰어난 지휘와 전술에 다들 감탄하고 대단하다고 생각하지, 그게 잘못되거나 이상하다고 생각하지는 않았다.

수혜사태 입장에서 그런 여평탁에게 뭐라 할 입장이 아

니었기에, 마음에 들지 않아도 꼭 참아야만 했다.

"수혜사태, 그대가 무슨 생각을 하고 있는지 대충은 알고 있소. 그렇게 꺼림칙하다면 구경만 하고 있어도 상관없소. 하지만 방해만 하지 마시오. 다른 이들에게도 마찬가지요."

"……아미타불."

*　　　*　　　*

광풍마검의 죽음과 더불어 마교의 선발대 중에서 다섯 개의 분대 중 하나가 무너졌다는 소식이 금세 알려졌다.

별동대에게 패배한 마교의 잔당들 중 몇몇이 살아남아 근처의 분대에 합류하는 데 성공. 선발대의 지휘관에게 보고한다.

"쯔쯔, 겨우 그딴 애송이한테 당했다고?"

칠순 정도 되지 않았을까 싶은 노인이 앉아서 혀를 찼다.

헌데 보아하니 보통 노인이 아니다. 겉모습부터 보통이 아니었다.

노인임에도 절로 위압감이 들 정도로 큰 몸집이 특히 인상적이었는데, 자세히 보면 쓸데없는 지방이 아니라 근육으로 이뤄져 있었다.

게다가 굵고 튼튼한 골격까지 가지고 태어나, 무림인이 본다면 혹시 팽가나 도가장 사람이 아닐까 하고 한 번쯤은 생각할 것이다. 그러나 노인은 팽가의 사람도, 그렇다고 도가장의 사람도 아니었다.

노인, 아니 노마(老魔)는 현 무림에서 공포의 대상으로 불리는 대마두 중 하나였다.

"다, 다음으로 광풍마검이 죽은 뒤에는……."

노마의 앞에 부복한 마교 무사가 잔뜩 겁먹은 얼굴로 계속해서 보고를 올리려 했다.

"됐다. 일이 대충 어떻게 돌아가는지 아니까."

노마는 성가시다는 듯 손가락 튕겼다.

퍼억!

마교 무사의 머리통에 주먹만 한 구멍이 생기면서 수박처럼 터졌다.

"흐읍!"

주변에 그 광경을 지켜보고 있던 마인들은 반사적으로 비명을 내뱉으려다가 입을 틀어막고 꾹 참았다.

얼마 전에 이 미친 노마가 시끄럽게 소리를 질렀다고 하여 사지를 모두 잘라서 굶주린 개한테 던져준 것이 머릿속을 스쳐 지나갔다.

'서패호법(西覇護法) 송마강(宋摩姜)!'

북사호법 복인흥이 패배한 뒤, 마교에 남은 사대호법은 세 명으로 줄었다. 그중 한 명이 바로 방금 전에 수하의 머리통을 박살 낸 서패호법이다.

송마강은 복인흥과 달리, 타고난 무인이자 마인이다. 어릴 때부터 마교에서 자라나 마공을 수련했고, 벽을 넘기 힘들다는 마공의 특성을 부수고 화경에 오른 강자 중 한 명이었다.

또한, 송마강은 현재 마교의 선발대를 총 지휘하고 있는 사람이기도 했다.

다른 사대호법 중 둘은 아직 마교의 본대에 있지만, 송마강의 경우 마교 내에서도 성질이 급하고 지랄 맞기로 소문났기에 하루라도 빨리 정파와 전쟁을 하고 싶어 선발대에 출전했다.

그러다 보니 얼떨결에 마교의 선발대를 지휘하게 됐지만, 사실 송마강은 딱히 지휘를 하고 있는 건 아니었다.

그냥 간단하게 천 명씩 다섯 개의 분대로 나뉘어서, 알아서 날뛰라고 명령을 내렸다.

송마강은 몇 명의 부하라면 모를까, 세 자릿수를 넘어가는 인원을 귀찮게 지휘하고 싶지는 않았다.

그래서 아예 자신을 대신할 지휘자를 네 명 정도 만들

고, 적당히 인원을 나눠서 운용하게 했다.

게다가 어차피 교주인 천마가 전술을 하든 말든 알아서 하라고 했으니, 송마강은 이를 적극적으로 이용했다.

이렇게 남들에게 맡기니 부대 운용이 무척 쉬웠다.

천마의 성향이 마음에 든 송마강은 현재의 교주를 적극적으로 지지하고 존경하는 대마두 중 하나다.

어쨌거나, 적당히 기분이 꿀꿀하면 앞으로 나가서 감숙의 무인들을 약탈하고 살해하는 등으로 기분을 풀었다.

또한 성욕이 생기면 남자든 여자든 간에 예쁘기만 하면 아무나 데려와서 범하면서 껄껄 하고 웃어 댔다.

이런 송마강을 보고 몇몇 이들은 그가 마성을 제어하지 못할 하수라고 생각하지만, 그건 결코 아니다.

화경의 고수인 송마강이라면 사실 성욕이나, 혹은 마공 특유의 폭력성이나 잔인성을 마음만 먹으면 제어할 수 있다.

하지만 딱히 그걸 제어할 이유도 없는데다가, 송마강의 성격이 원래부터 워낙 잔악하고 그런 것을 즐기는 편이라서 기분 내키는 대로 행동했다.

그래서 마음 편히 기분을 풀고, 날뛰고 있었는데 기분 나쁜 보고가 하나 날아왔다. 바로 별동대의 존재였다.

"애송이이긴 하지만 그래도 화경의 고수라고 했지. 이

거 싸울 맛 좀 있겠군."

마침 적당한 상대가 없어서 심심한 참이었다. 자신의 무료를 풀어 줄 무당신룡의 등장을 송마강은 진심으로 반겨했다.

"하지만 진짜 먹이는 무당신룡이 아니라 청성도검이지."

무당신룡이 대단하긴 하지만, 그렇다고 청성도검만큼은 아니다. 여평탁 자체의 실력도 대단하지만, 진짜 목적은 구파일방 중 일파인 청성파의 멸문이기 때문이었다.

중원 무림 정복을 하려면 구파일방은 모두 먼지 하나 남기지 않고 없애버려 했기에, 진짜 목표는 청성에 둬야했다.

"적운검진인가 뭔가 하는 것에도 관심이 가고."

적운검진은 마교의 두뇌진이었던 노굉과 복인홍도 유의하는 것이 좋을 것이라고 그 강함을 인정했다.

당시에 들었을 때는 딱히 아무 생각도 하지 않았지만, 이번 무림맹의 별동대가 별다른 피해 하나 없이 분대 하나를 개박살 냈다는 보고를 듣고 생각이 달라졌다.

이걸 자신의 수하들에게 익히게 한 뒤에 전문적인 부대를 만들게 된다면 마교에서의 영향력이 넓어질지도 모른다.

"클클클, 다음에는 이 노마한테 오면 좋겠어."

송마강은 별동대를 찾을 생각을 하지 않았다.

그렇다고 이제 네 개밖에 남지 않은 분대를 하나로 모을 생각조차 하지 않았다.

세 자릿수가 넘는 인원을 지휘하는 걸 귀찮게 생각하는 송마강은 현재 이 천 명도 겨우겨우 수하들의 도움을 더해 지휘하고 있었다. 여기서 더 많아진다면 머리가 터져 버릴 것이다.

만약 이 생각을 무림맹이나 혹은 사도련이 듣는다면 기가 막혀서 아무 말도 하지 못할 것이다.

세상에, 귀찮다고 부대를 전혀 운용하지 않는 지휘관이라니!

게다가 그걸 자를 또 총지휘관에 앉혀놓은 교주도 도저히 이해할 수 없었다.

이 괴상망측하고 상식에서 벗어난 파격적인 행보 때문에 현재의 마교는 훗날 학자 등의 입에 꾸준히 오르락내리락하게 된다.

혹시 천마가 이건 단순함으로 위장한 작전을 내린 것은 아닐까 하고 수많은 음모론 등을 탄생시켰다.

"지금쯤이면 소식이 전해졌을 텐데, 여전히 네 개의 분대는 하나로 합쳐지지 않았어. 그렇다고 위치를 보아하니 딱히 어떤 전략을 펼치려는 것도 아니고……."

진양은 결국 마교를 이해하는 데 포기했다. 생각하면 생각할수록, 고민하면 고민할수록 머리만 아파왔다.

무슨 함정이 있는 건 아닐까 걱정했지만, 단순한 기우였다.

마교는 생각보다 정말 단순하고, 멍청했다.

어느 정도냐하면 뇌가 있을까, 하는 의문이 들 정도다.

별동대가 다음으로 지목한 마교 선발대의 분대를 공격했는데, 그들 역시 광풍마검 때처럼 별다른 저항 한 번 해보지 못하고 전멸 당했다.

약 천 명에 가까운 병력으로 많은 피해 없이 이천 명의 마교 무사를 소탕했다. 덕분에 별동대의 사기는 높은 걸 넘어서 아주 폭발할 정도였다.

"놓치지 마라! 단 한 놈도 놓치지 말고 죽여라!"

복수귀가 된 여평탁은 살벌한 기세를 내보이며 마교 무사들을 학살하다고 다녔다. 그 살벌함이 얼마나 심했냐면, 같은 아군이었던 별동대의 다른 무인들도 혹시 여평탁에게 공격을 당하는 건 아닐까하고 불안해했을 정도였다.

수혜사태가 간간이 나서서 여평탁을 말렸고, 다행히도 여평탁은 다른 무인들이 자신을 제대로 쳐다보지 못하는 걸 느끼고는 분노를 털어 내는데 좀 자중하기로 했다.

"무당신룡이다!"

전장에서 진양은 자주 적들의 목표가 되곤 했다.

명성이 높아진 만큼, 그를 알아보는 자가 많았다.

화경의 고수를 그냥 둘 수 없었기 때문일까 마교의 무사들은 대부분 다른 사람과 싸우다가도 진양을 발견하면 달려와 병기를 휘둘렀다.

"……."

허리를 노리고 들어오는 검을 부드러운 손길로 흘린다. 마교 무사 중 하나가 '어어?' 하고 힘에 법칙에 의하여 몸이 앞으로 고꾸라졌고, 진양은 수도(手刀)로 내리쳐 마교 무사의 등뼈를 아작 냈다.

'이왕 이렇게 된 거 수련이라도 해야겠구나.'

화경에 오른 뒤에 수련이라고 부를 수 있을 만큼 제대로 된 수련을 하지 못했다. 정마대전 때문에 워낙 바쁘기도 했고, 화경의 고수로 알려진 뒤로 여기저기 불려다녔기 때문이었다.

덕분에 운기조식 외에는 간단한 태극권 정도로 몸을 푸는 수준밖에 하지 못했다.

자신이 천재가 아니라는 걸 알고 있는 진양은 꾸준한 노력으로 몸이 감각을 잃지 않도록, 또 실력이 퇴보되지 않도록 항상 신경을 쓰고 있었다.

헌데 마침 정말 힘 하나 쓰지 않고 약하고 허접한 마교의 선발대를 싸울 수 있게 됐으니, 이왕 이렇게 된 거 마음 편히 먹고 실전 상대를 통해 간간이 수련하기로 마음먹었다.

'화경의 고수라! 꽤나 위험한 상대가 되겠어!'

서패호법 송마강이 마교의 선발대를 이끌고 있다는 건 벌써 별동대와 더불어 무림맹에게까지 전해졌다.

송마강은 딱히 막을 생각도 없었고, 마교 역시 가만둔 덕분에 일파만파 퍼질 수 있었다.

진양은 송마강과 싸울 생각에 실로 오랜만에 긴장했다.

초절정 고수도 아니고, 화경의 고수다.

자신이 올랐던 경지기에, 화경이 얼마나 대단하고 강한지 잘 알고 있었다. 그렇기에 송마강을 우습게볼 수 없었다.

'마음을 단단히 먹자. 이건 정파 무림에 있어서도 좋은 기회야. 서패호법 송마강을 이번 싸움에서 처리해야 해.'

"네가 무당의 새로운 지렁이더냐!"

마교라는 집단은 기본적으로 호전적이다. 상대가 강하든 약하든 간에 두려워하지 않고 맞서왔다.

특히 그들에게 있어 무당신룡은 아주 좋은 먹잇감이었다.

힘만이 모든 걸 증명하는 세계, 마교에서 무당신룡이라는 거물을 처리했다는 사실이 알려진다면 상당한 명성을 떨칠 수 있다.

"반갑다. 혈부척살대(血斧刺殺隊)의 쌍부혈객(雙斧血客)이라고 한다."

"혈부척살대!"

무림맹 무사 중 한 명이 굳은 안색으로 소리쳤다.

'수련에 걸맞은 상대구나.'

혈부척살대라면 강호의 사정에 대해 어두운 진양조차 알 정도로 명성 높은 마교의 전투 집단이다.

그들은 특이하게도 검이나 도 등 대중적인 무기를 주력으로 하는 게 아니라, 도끼를 주 무기로 한 마교의 전투 부대였다.

과거에 그들이 처음 등장했을 때, 정파나 사파의 무인들은 혈부척살대를 우습게보면서 비웃었다.

검, 도, 심지어 창도 아닌 도끼는 워낙 비주류 무기이고 보통은 산적들이나 쓰는 것이기 때문에 마교 중에서도 최하층에 속한다고 생각했다.

그러나 그것은 큰 오산이었다.

소문에 의하면 서른 명밖에 되지 않은 혈부척살대에게 백 명의 무인들이 순식간에 목숨을 잃었다고 한다.

"마교의 정예부대가 왜 여기에 있느냐!"

무림맹의 무사 중 한 명이 소리 높여 물었다.

혈부척살대처럼 마교에서 이름 높은 정예 부대 같은 경우, 곧 있을 전면전을 위해서 본대에 있는 것이 정상이다.

"흐!"

쌍부혈객은 대답 대신 왼손에 쥔 도끼를 던졌다.

휘리릭!

피를 머금은 듯한 외날도끼가 허공에서 빙글빙글 돌면서 질문을 던진 무림맹 무사를 향해 날아갔다.

"하압!"

미간을 좁힌 진양이 깔끔한 일장을 날렸다. 그의 손바닥에서 장풍이 쏟아져 나온다. 몇 겹으로 나뉜 대기층을 박살 냈다.

그리고 이내 장풍이 허공을 자유롭게 날던 도끼를 후려쳤다.

"쯧!"

쌍부혈객이 얼굴을 걸레짝처럼 일그러뜨렸다.

그러자 놀랍게도 방향이 틀어졌던 도끼가 다시 빙글빙글 돌아 부메랑처럼 쌍부혈객의 왼손으로 되돌아왔다.

"서패호법께서 여기에 계신데 우리가 어디 가겠느냐?"

송마강은 생각보다 따르는 자가 많다. 특히 마교 내에서도 호전적이며 성질이 불같은 이들이 상당하다.

이는 송마강이 지휘관으로서의 능력이나, 혹은 존경할 만한 가치가 있어서 그런 것이 아니다.

서패호법 송마강을 진심으로 충성을 다해 따르는 자들은 아주 소수에 속한다.

딱히 인망이 두터운 것도 않은데 송마강이 마교 내에서 인기가 많은 건 그의 밑으로 들어가면 자유롭기 때문이었다.

몇 가지 소소한 명령을 제외하곤, 정찰을 하건 아니면 따로 떨어져 나가서 인간 사냥을 하건 상관하지 않는다.

심지어 어떨 때는 전쟁이 한참 중임에도 잠을 청하거나, 혹은 술을 마시거나, 또는 적당한 여자를 데려와서 즐겨도 상관하지 않는다.

"흐흐흐, 무당신룡이라. 고놈 참 맛좋게 생겼구나."

"혹시 남자만 전문적으로 노리는 남색강간범이더냐?"

진양이 표정 변화 하나 없이 태연하게 물었다.

"어허, 누가 들으면 오해할 소리를. 나는 여자도 좋아한다."

"여자 '도'?"

"그래. 너처럼 고수라면 연령불문, 성별불문이다."

쌍부혈객은 농담인지 진담인지 모를 말을 하며 혈부척

살대에게 눈짓을 보냈다.

스스슥!

약 서른 명의 혈부척살대가 일사불란하게 움직이며 진양을 중심으로 삼아 원을 그려내며 포위했다.

진양은 그 움직임을 눈으로 담아서 그들의 실력을 대충이나마 추측해 봤다.

"흥, 화경의 고수라고 의기양양하는 것 같은데……."

겁먹은 것도 아니고, 경계하는 것도 아닌 진양을 보고 쌍부혈객이 입꼬리를 비틀어 진한 웃음을 만들었다.

"아무리 화경의 고수라고 해 봤자 한낱 인간이다. 네가 지원을 부르지 않은 것은 최대의 실수라는 걸 알려 주마!"

본격적인 싸움이 일어나기 전, 진양은 일행들에게 자신은 신경 쓰지 않아도 괜찮다고 미리 이야기를 해 두었다.

도연홍이 '혼자서 정말 괜찮겠어?' 라면서 끝까지 걱정했지만, 진양은 엷게 웃으면서 그녀에게 괜찮다며 안심시켰다.

그 외에도 무림맹의 무사들이나 별동대의 대주인 여평탁과 부대주인 수혜사태에게도 말해 뒀다.

"쌍도끼. 한 가지만 물어보자."

"쌍도끼? 이놈, 내가 누군지 아느냐? 쌍부혈객이다! 쌍부혈객! 다 큰 어른들도 자다가도 벌떡 일어나서 벌벌 떠는 쌍부혈객!"

쌍부혈객은 나름대로 자신의 별호에 자부심을 지니고 있었다. 또 빛 좋은 개살구처럼 겉멋만 든 것이 아니라, 무공 또한 전 무림에서 인정을 받으며 얻은 별호였다.

그런 별호를 쌍도끼로 폄하해서 부르다니, 화가 났다.

"네 두목인 송마강도 나와 같은 화경의 고수지?"

"그렇다."

"그럼 너희의 힘이라면 송마강도 죽일 자신이 있느냐?"

"멍청한 놈, 서패호법님과 너를 비교하는 것 자체가 큰 모욕이다!"

진양의 물음에 쌍부혈객이 불같이 화를 냈다.

"네가 아무리 화경이라고 해 봤자 결국 구파일방이라는 울타리 안에서 자라난 화초일 뿐……. 그리고 화경이라고 해도 서패호법께선 화경에 오른 지 어언 십 년이 지났다. 한 달도 채 되지 않은 네놈 따위와는 다르다!"

"그래서?"

"네놈은 그저 운이 좋아서 화경에 오른…… 헉!"

쌍부혈객이 말을 잇지 못하고 놀란 목소리를 냈다.

대화에 너무 열중해서 그만 진양의 움직임을 제대로 포착하지 못했다. 정신을 차리고 보니 그가 생로(生路)를 향해 몸을 날려 포위에서 벗어나있었다.

"이십사호!"

혈부척살대원 중 스물네 번째 서열이 반응했다. 비록 혈
부척살대 중에선 하위권이긴 하지만, 그래도 절정 고수다.

이십사호는 재빨리 보법을 펼쳐 포위에서 빠져나가려던
진양의 허리춤을 향해 도끼를 크게 휘둘렀다.

'정신 차리자. 결코 방심해서는 안 돼.'

혈부척살대의 등장 이후부터 진양은 긴장을 놓치지 않
고 있었다. 결코 우습게보지도 않았고, 자만하지도 않았
다.

화경의 경지를 시험하기에 딱 좋은 상대긴 했으나, 그래
도 초절정 고수 하나에 절정에 이르는 고수들이 스물아홉
이나 있으니 방심했다간 골로 가는 것도 충분한 일이다.

"죽엇!"

진양은 한쪽 발을 축으로 삼아 그 자리에서 빙글 돌았
다. 그가 있던 자리에 도끼가 부웅 하고 지나간다.

'일단 한 명을 방패로 삼고.'

진양은 이십사호의 뒤로 이동해 무릎을 올려 등허리를
찍었다. 뿌드득 하고 허리가 작살나는 소리가 생동감 있게
울렸다.

"크아아악!"

몸의 중심 중 하나가 무너지자, 이십사호는 고통스러운

비명을 토해 냈다. 도끼를 쥔 손에서 힘이 스르륵 하고 풀렸다.

"흐랴압!"

이십사호가 당하자, 근처에 있던 이십오호와 이십육호가 양측에서 몸을 날려 다가왔다.

진양은 뒷덜미를 잡고 있는 이십사호의 등허리를 그대로 발로 후려쳐서 다가오던 이십오호를 막아 냈다.

"미친놈!"

이십오호가 경악을 금치 못했다.

아무리 적군이라고 해도, 사람을 고기 방패로 쓰는 건 마교나 사파나 할 행동이다. 이러한 싸움법을 딱히 욕하는 건 아니지만 정파인이 이런 모습을 보이니 놀랄 수밖에 없었다.

게다가 무당신룡 정도의 별호를 지닌 무인들이라면 보통 이런 방법은 자존심 때문이라도 쓰지 않는다.

"후웁!"

이십오호가 놀라건 말건 간에, 진양은 다음 행동을 이미 끝마쳤다. 이십사호에게서 강탈한 도끼를 쥔 팔에 힘을 줬다.

근육이 부풀어 오르고, 퍼런 핏줄이 툭 튀어나왔다.

하단전에서 시작된 대해와 같은 내공이 공력으로 모두

전환되어 팔을 타고 다섯 손가락 끝까지 닿는다.

'두울!'

휘리릭!

야구 선수와 같이 도끼를 속구로 던진다. 손에서 떠난 외날도끼는 화려하게 회전하여 그대로 달려오던 이십육호의 이마에 퍽하고 박혔다.

'십단금!'

이십육호가 넘어가는 걸 확인하자마자, 오른손으로 십단금을 펼쳤다. 이십사호와 함께 쓰러지던 이십오호가 목표다.

퍼억!

"끄아아악!"

오른손으로 펼친 십단금은 무시무시한 공력을 자랑하며 이십사호와 더불어 이십오호의 흉부에 큰 구멍을 냈다.

"한꺼번에 덤벼라!"

쌍부혈객이 급하게 명령을 내렸다. 그러자 이십칠, 이십팔, 이십구, 삼십호 등의 네 명이 사방위에서 달려왔다.

이에 진양은 발바닥에 공력을 실은 뒤, 가볍게 굴렸다.

쿠웅!

그러나 천근추의 수법 덕분에 그 무게는 결코 가볍지 않았다. 체중에 배가 되는 압력이 땅으로 스며들자, 지면이 낮게나마 가라앉았다.

"큭!"

전속력을 다해 몸을 날리던 혈부척살대원들이 모두 혀를 차면서 약간의 균형을 잃었다. 그래도 절정의 고수인지라 금세 원래대로 돌아왔다.

허나 문제는 상대가 절정도 초절정도 아닌 화경의 고수라는 점이다. 이미 균형을 바로잡았을 때, 진양이 포위된 곳에서 벗어나 버렸다.

"죽어랏!"

혈부척살대의 막내, 삼십호가 두 눈을 부릅뜨며 도끼를 수평으로 그었다.

도끼에 실린 공력이 허공을 부우욱 하고 찢어 발겼다.

"후웁!"

진양은 자신의 목을 노리고 날아오는 도끼를 굳이 피하지 않고, 단 한 번의 주먹질로 맞받아쳤다.

"어억!"

빠지직! 채앵!

주먹에 맞은 도끼는 일순간도 버티지 못하더니만, 결국 산산조각 나서 허공으로 비산했다.

"가, 강기!"

삼십호는 죽기 직전, 도끼를 쳐 낸 주먹에 화경의 증거

중 하나인 권강이 실린 것을 확인했다.

아무리 부기(斧氣)를 최대한 담은 공격이었으나, 강기 앞에선 무소용. 도끼가 조금도 버티지 못한 것을 이해했다.

"다시 한 번."

도끼를 부쉈던 주먹을 빛처럼 빠르게 회수한 뒤, 이번에는 반대쪽 주먹을 출수했다. 그 주먹은 마치 유성과도 같이 긴 궤적을 그려내며 공간을 짓뭉개고 나아갔다.

퍼억!

삼십호의 머리통이 마치 수박처럼 쪼개졌다. 그 안에 든 뇌수와 피가 이리저리 뒤섞여 뇌조각과 함께 쏟아져 나왔다.

만약 정파인들이 이 광경을 봤다면 한 명도 빠짐없이 눈살을 찌푸리며 잔혹한 손속이라며 진양에게 뭐라고 했을 것이다.

그건 마교도들도 마찬가지였다.

"허, 저게 진짜 도사더냐?"

쌍부혈객이 입을 쩍 벌리며 놀라움을 금치 못했다.

"슬슬 그런 평가를 받는 것도 지겹다."

진양은 눈 하나 깜짝 하지 않고, 제자리에서 한 바퀴 돌며 좌권우장(左拳右掌)으로 각각 권풍과 장풍을 출수했다.

파아아앙!

"커헉!"

"꾸엑!"

이십구호와 이십팔호가 각각 권풍과 장풍을 정통으로 맞고 피를 토해 내며 그대로 고꾸라져 지면에 머리부터 처박혔다.

"이노옴!"

탓!

이십칠호가 시원할 정도로 깔끔한 도약을 하여 진양의 머리 위로 올라와 필사의 일격을 날리려했다.

'피할 수 없다!'

이십구호와 이십팔호가 어이없을 정도로 쉽게 나가떨어졌지만, 그만한 가치가 있는 희생이었다. 덕분에 이십칠호가 진양의 머리 위로 와서 일격을 날릴 수 있는 기회를 잡았다.

"흠."

그러나, 그것도 실패로 끝났다.

진양은 머리 위를 올려보지도 않고 예상했다는 듯이 뒤로 미끄러지듯이 부드럽게 물러나서 이십칠호의 공격을 회피했다.

"이 미꾸라지 같…… 어어?"

이십칠호는 욕설을 내뱉으려 했지만, 그러지 못했다. 진양이 필사의 일격을 간단히 피해 낸 것도 모자라서, 이십칠호의 머리를 가볍게 낚아채 간단하게 꺾어버린 것이다.

머리가 돌아가선 안 될 방향까지 돌아가자, 이십칠호는 고통을 느끼기도 전에 시야가 어두워지며 목숨을 잃었다.

第十一章

청성도검(靑城道劍)

"뭔……."

이십호는 목구멍까지 튀어나온 욕 짓거리를 내뱉으려다가 참았다. 차라리 그 시간에 진양에게 상처라도 하나 더 내는 것이 현명하다고 판단한 것이다.

"거리를 두고 싸워라!"

무당신룡이 지렁이가 아니라 무시무시한 폭룡이라는 걸 뒤늦게 깨달은 쌍부혈객이 얼른 명령했다.

그러자 십오호가 제일 먼저 반응하여, 십육호부터 시작해 이십삼호에게 눈짓을 보내 무언가를 준비했다.

"출(出)!"

십오호부터 이십삼호, 총 아홉 명의 마인들이 원으로 넓게 퍼져 진양을 포위하고 각자 손에 쥔 도끼에 진기를 주입했다.

"공(攻)!"

아홉 명이 모두 거의 동시에 도끼를 던졌다.

휘리리릭!

휘릭!

아홉 개의 도끼가 한꺼번에 회전하면서 하늘을 나는 건 장관이라 할 정도로 멋졌다.

그러나 공격받는 입장에서는 결코 한가하게 구경하면서 멋지다는 평을 낼 수가 없다.

"흐읍!"

자신을 향해 날아오는 도끼의 비.

허나 목표는 여전히 신묘한 보법을 자랑하면서 최소한의 움직임으로 날아온 도끼들을 손쉽게 피해 냈다.

하지만 도끼를 피해 낸 것으로 공격은 끝나지 않았다.

진양이 이제 막 반격을 가하려고 할 때, 날아간 도끼는 각자 반대편에 있는 혈부척살대원들이 잡아챘다.

'설마, 이건.'

쌍부혈객의 입가에 자신감이 가득찬 미소가 번졌다.

"어떠냐, 이게 본교의 무한회부진(無限回斧陣)이다!"

거리를 두고 싸우라는 건, 상대가 눈치채지 못하도록 쓴 암호에 불과하다.

쌍부혈객이 진정 노린 것은 혈부척살대가 즐겨 쓰며, 비장의 수법으로 항상 숨겨두고 있는 진법이었다.

'좀 성가시네.'

무한회부진은 무인이라면 누가 봐도 그 원리를 단번에 알아챌 정도로 간단한 수법이다. 하지만, 간단하다고 해도 이 진법에서 벗어나는 건 상당히 어려웠다.

혈부척살대원 몇 명이 목표를 둘러싸고, 거리를 두고 포위한다. 여기서 일체 목표에게 접근하는 건 금지한다.

그리고 조건이 완성되면 혈부척살대는 목표가 도망치거나 다른 짓을 하지 않기 위해 공격을 폭풍처럼 쏟아 낸다.

여기서 중요한 건 여전히 거리를 유지하고, 도끼를 철저하게 투척용으로 써서 날린다는 것이다.

투척용으로 쓴 도끼는 결코 일회용으로 소비되지 않는다. 반대편에 있는 다른 혈부척살대원 중 한 명이 반대편에서 보낸 도끼를 낚아채고, 다시 투척을 하여 사용한다.

설사 적이 피한다고 해도, 다시 반대쪽에서 돌아오는 구조를 지니고 있으니 같은 공격이 끊임없이 쏟아져왔다.

혈부척살대원 모두 동종의 무공과 병기, 그리고 심법을 연공한 덕분에 이런 효과를 낼 수 있었다.

혈부척살대는 이 비장의 진법 덕분에, 마교 내에서도 공포의 존재로 알려져 있으며 또 그들은 다수 대 다수에서도 상당히 강하지만, 다수 대 일로는 특히 막강한 힘을 자랑했다.

'피구네.'

무한회부진을 겪자마자 떠올린 것은 과거, 그가 현대 지구에 있을 적 학창 시절에 자주 했던 피구였다.

자신을 포위한 혈부척살대가 있는 자리는 피구의 경기장 중 외야에 속하며, 서로 공 대신 도끼를 패스하고 교환하여 내야에 갇힌 목표물을 공격한다. 나쁘지 않은 진법이었다.

'하지만 피구와는 결정적으로 다른 점이 있지.'

피구는 외야에 있는 선수를 공격해도 의미가 없다. 아니, 정확히는 절대 해서는 안 될 행위다.

외야의 선수가 공에 맞아도 딱히 점수가 오르는 것도 아니고, 퇴출시킬 수 있는 것도 아니다. 도리어 외야 선수가 공을 빼앗을 수 있는 기회가 되니 그들을 건드려선 아니 된다.

하지만, 무한회부진의 경우는 다르다. 무한회부진에는 그러한 규칙 따위 존재하지 않는다.

'일단 날아오는 공, 즉 도끼들을 모조리 처리한다.'

한 명을 노리고 먼저 선수를 친다면 다른 아홉 개의 도끼의 공격을 허용하게 된다. 그렇다면 다른 도끼들을 위나 아래로 튕겨 내서 틈을 만들어야만 했다.

휘리리릭!

생각을 끝내고 주변에 집중한다. 머리가 타는 듯이 회전하면서 작전을 세우고 빠른 판단을 내렸다.

이윽고 눈앞을 스쳐 지나가던 도끼들이 느릿느릿하게 움직였다. 정말로 시간의 흐름이 느려진 건 아니었다.

모든 감각을 동원해서 집중하니, 시간이 느려진 것처럼 느껴진 것뿐이었다.

진양은 허공을 화려하게 비상하고 있던 도끼 중 하나의 손잡이를 향해 손을 뻗었다.

"멍청한 놈, 걸렸구나!"

무한회부진을 지휘하고 있던 쌍부혈객이 회심의 미소를 지었다. 그의 얼굴이 환희로 가득 찼다.

혈부척살대의 무한회부진에 걸린 자들은 대부분 비슷한 대처법을 한다.

첫 번째는 조금이라도 약해 보이는 혈부척살대원을 찾아서 억지로 돌파하는 것이고, 두 번째는 진양처럼 공격의 근원인 도끼를 도중에 낚아채서 바닥으로 떨어뜨리거나 공중으로 날리는 것이다.

그러나 어떤 방법을 쓰건 간에 솔직히 상관없다. 지휘를 맡고 있는 쌍부혈객은 이와 같은 약점을 함정으로 준비하고 있었다.

"쳐라!"

십오호부터 이십삼호가 무한회부진을 형성하고 있는 동안, 나머지 대원들은 결코 놀고 있지 않았다. 그렇다고 보충 인원으로 대기하고 있던 것도 아니었다.

이호부터 십사호까지. 총 열세 명이나 되는 혈부척살대원은 아홉 명의 대원들 뒤에서 대기하여 진양이 약점을 노리고 오는 걸 기다리고 있었다.

"죽어랏!"

열세 명의 대원들이 한꺼번에 지면을 박차고 높이 뛰어올라 도끼에 전력을 담아 아래로 투척했다.

쐐애애애액!

추가로 들어온 열세 개의 도끼가 위에서 아래로 떨어졌다.

"으하하하! 아주 제대로 걸렸구나아!"

두 번째 파훼법을 쓸 때, 대부분은 아홉 개의 도끼가 안전권에 들어간 걸 확인한 뒤 도끼 하나를 먼저 쳐내려한다.

틀린 방법은 아니지만, 맞는 것도 아니다.

혈부척살대원이 남을 경우, 그들이 그 틈을 노리고 껴들

어서 전혀 생각지도 못한 곳에서 도끼를 던져오기 때문이
었다.

"역시 그랬나."

그러나, 진양이 그걸 간과하고 있을 리 없었다.

무한회부진이 발동된 이후, 진양은 쭉 다른 혈부척살대
원이 언제 진입해올까 경계하고 추측하고 있었다.

다른 사람이라면 정신없이 쏟아지는 공격에 정신이 팔
려 있겠지만, 그는 결코 그러지 않았다.

일단 무한회부진 자체가 확실히 어지럽고 피하기가 성
가시긴 하지만, 무당의 상승 보법인 제운종을 연공한 진양
입장에선 아주 위험할 정도는 아니었다.

게다가 단전에 이갑자, 혹은 그 이상의 내공을 지닌 덕
분에 크게 지치지도 않아서 주변을 둘러보고 생각할 시간
은 충분하고도 남았다.

'이런 느낌이려나.'

진양은 도끼를 잡으려던 손을 재빠르게 회수한 뒤, 강기
를 만들어 내서 몸을 얇게 두르는 느낌을 생각해 봤다. 그
러자 우웅 하고 공기가 옅게 진동하면서 무형의 막이 형성
됐다.

탕! 탕탕!

하늘에서 비처럼 쏟아진 도끼의 날이 그의 머리를 쪼갤

기세로 닿을 무렵, 갑작스레 생겨난 강기의 막에 의해서 도끼들이 허무할 정도로 힘없이 튕겨져 나가 바닥으로 떨어졌다.

"맙소사, 호신강기!"

쌍부혈객이 어처구니없는 표정을 지었다.

전심전력을 다해서 상대하고 있던 혈부척살대원들도 경악을 금치 못하고 얼음처럼 굳었다.

"말도 안 돼! 네놈은 도대체 뭐냐!"

쌍부혈객이 이렇게까지 놀라는 것도 전혀 이상한 것이 아니었다.

이호부터 십사호, 총 열세 명은 삼류나 이류 따위가 아니라 절정의 고수들이다. 그것도 보통 절정이 아니라, 파괴력만큼은 정사마 중에서 타의추종을 불허한다는 마공을 익힌 절정 고수들이다.

그 마공의 힘으로 절정의 고수들이 모든 공력을 쏟아 부어서 공격한 것이 방금의 일격이다. 결코 평범할 리가 없었다.

비록 강기는 아니지만, 그래도 진기를 불어넣어서 열세명이 동시에 한 곳만 노리고 공격했으니 막는 것은 무척 힘들다.

아니, 확실히 강기의 막인 호신강기라면 막을 수는 있다.

다만 알다시피 절대방어로 알려진 호신강기는 내력의
소모가 막대하기 때문에, 열세 명의 절정 고수의 공격을
막으려면 어릴 적부터 밥 대신 영약을 처먹어도 유지하기
힘들다.

"너희라면 나에 대해서 아주 잘 알고 있을 텐데."

진양은 코웃음을 치면서 바닥에 떨어진 수많은 도끼 중
하나를 빙그르르 돌려 바로잡았다.

"태극권협, 금위사범, 무당신룡."

진양이 그동안의 별호를 읊었다.

혈부척살대들이 처음으로 겁먹은 표정을 지었다.

"진양."

이름과 함께 도끼가 다시 지겨운 회전을 시작했다. 다만
이번에는 원주인이 아니라 적의 손에 의해서 돌았다.

허공을 화려하게 회전한 도끼가 쩍하고 박히자 이십삼
호의 머리에서 피가 꿀럭꿀럭 토해져 나왔다.

파앗!

진양은 용천혈에 진기를 주입한 뒤, 한꺼번에 폭발시켜
이십일호와 이십이호를 지나쳤다.

"어, 얼른 무기를 주워!"

이호이자 혈부척살대의 부대주가 급하게 명령했다. 멍
하니 있던 혈부척살대원들이 얼른 몸을 날렸다.

"확실히 대단한 놈이었지만, 여기까지다."

무한회부진을 파훼하고 먼저 목표로 삼은 것은 지금까지 입만 신나게 씨부린 대주, 쌍부혈객이었다.

"이, 이노옴!"

쌍부혈객이 잔뜩 겁먹은 얼굴로 별호에 맞게 두 개의 도끼를 꺼내서 날아오는 진양을 향해 절초로 대응하려 했다.

"네가 그렇게 자랑하던 도끼로 어디 한 번 맞아봐라."

로켓처럼 쏘아진 진양은 작게 중얼거린 뒤, 허리 뒤에 몰래 챙겨 뒀던 도끼 두 자리를 꺼내서 힘껏 투척했다.

"이런 젠……!"

장, 이라는 말은 잇지 못했다. 무식하고 어마어마한 공력이 담긴 도끼를 막아내려고 쌍부혈객은 많은 내공을 소모했다.

비록 진양이 부법(斧法)이나 투법(投法)을 배운 것은 아니었지만, 내공이 워낙 많은데다가 화경의 경지이다 보니 대충 던져도 그 위력이 상당했다.

"지옥으로 꺼져라."

어느새 쌍부혈객의 눈앞까지 다가온 진양은 왼발을 내딛고 허리에 약간의 회전력을 담아서 깔끔한 일권을 내질렀다.

주먹에서 푸르스름한 강기가 아름답게 빛나면서 한일자

를 그리면서 공간과 함께 쌍부혈객의 흉부에 구멍을 냈다.

"커헉!"

얼른 반격을 하려던 쌍부혈객은 제대로 하지 못하고 그대로 피를 토해 내며 절명했다.

"대, 대주!"

일호이자 대주가 쓰러지자 다음 지휘자인 부대주가 당혹스러운 목소리를 냈다. 초절정 고수가 저렇게 허무하게 쓰러지는 걸 보고 크게 당황한 모양이었다.

"미안하지만 네 대주는 나에게 별 힘도 쓰지 못하고 죽었다. 확실히 나는 화경에 오른 지 별로 되지 않았지만, 그래도 화경은 화경. 초절정이나 절정과는 큰 벽이 존재해."

진양은 쌍부혈객의 시체를 발로 툭툭 건드려서 사망여부를 확인했다.

"살려다오."

이호가 식은땀을 뻘뻘 흘리며 목숨을 구걸했다.

그에게서 더 이상 싸울 의지는 느껴지지 않았다. 그 뒤에 있던 자들도 마찬가지였다.

마교인들은 절대적인 힘을 따르는 만큼, 절로 압도되는 무력을 보았을 때 어느 때보다 더 무력하다.

그만큼 마교는 '힘'이라는 것에 크게 영향을 받고 행동한다.

"미안하지만 너희를 그냥 둔다면 그동안 쓰러진 정파인들과 그 가족들이 피눈물을 흘리며 날 원망할 거야."

어차피 혈부척살대는 포로로의 가치도 거의 없다. 서패호법이 선발대에 특별한 명령 없이 자유롭게 부대를 운용하고 있으니까.

게다가 마교에 대한 정보라면 어차피 북사호법 복인흥이 있으니, 굳이 다른 놈들을 잡을 필요가 없다.

"우리를 살려 두지 않고 죽일 것인가?"

이호가 침을 꿀꺽 삼키고 굳은 얼굴로 물었다.

"그래."

진양이 고민하지 않고 고개를 주억거렸다.

"그런가……. 그럼 괜한 힘을 뺄 필요는 없겠구나."

이호는 자포자기 한 심정으로 손에 쥔 도끼날을 목으로 옮겼다. 날이 닿은 부분에서 가느다란 혈선이 그어졌다.

그 외에도 다른 혈부척살대원들도 같은 행동을 했다.

"무슨……."

"우리 혈부척살대는 정면으로 너에게 도전하고, 패배했다. 그러니 너는 우리를 마음대로 할 권리가 있지. 무당신룡, 당신의 무공에 경의를 표한다."

핏줄기가 뿜어져 나와 피 안개를 만들어 냈다.

                    *   *   *

'마교는 미쳤다.'

몇 번이나, 또 몇 번이나 생각하지만 마교도를 보고 생각나는 건 그것 하나밖에 없었다.

절대적인 고수를 만나, 승산을 모두 잃고 벼랑 끝까지 몰렸을 때 자살을 택하는 건 이상하지 않다.

화경이라는 경지의 절대적인 무력을 두 눈으로 목격하고, 경험한다면 그 공포와 무력감은 장난이 아니기 때문이다.

그러나 진양은 혈부척살대의 최후에 마음에 걸리는 점이 있었다. 바로 이호의 마지막 말, 경의를 표한다는 것이다.

이호는 약해서 죽는 것을 당연하다고 여기고 있었다. 아니, 이호뿐만 아니라 혈부척살대원 모두가 그랬다.

한두 사람이라면 모를까, 모두가 같은 생각과 철학으로 거리낌 없이 자살하는 걸 보니 괴리감이 느껴질 정도였다.

"······후우, 됐어. 이해하려 하지 말자."

고민해 봤자 괜히 머리만 아플 뿐이다.

진양은 사파라면 모를까, 마교는 결코 이해할 수 없었으며, 또 이해할 생각조차도 없었다.

"남은 숫자는 앞으로 삼천…….."

별동대에도 사망자가 백이나 나왔다. 아니, 정확히는 백 '밖에' 였다.

아무리 정예만을 뽑았다고는 하지만 이천이나 되는 병력을 겨우 천으로 큰 피해 없이 처리한 건 기적이었다.

사실, 기적이 아니라 마교의 분대가 워낙 엉망진창이어서 그랬지만 말이다.

물론 그 외에도 적운검진을 대표로 한 별동대의 무력이 강한 이유도 있었다.

그래도 사망자 백 명에, 경상자밖에 나오지 않는 건 거의 기적이라 할 수 있었다.

"허어, 이런데도 분대를 합칠 생각을 하지 않으니 어이가 없어 입이 다물어지지 않소."

쉬지 않고 생사를 걸고 싸워서 그런 걸까, 모용중광이 지친 기색을 보이면서 이해가 안 가는 어조로 중얼거렸다.

확실히 모용중광의 말대로였다.

선발대 중 이천의 병력이 허무하게 별동대에 의하여 멸했다. 그것도 속수무책으로 말이다.

원래라면 진작에 다섯으로 찢어졌던 분대가 한 곳으로 모여야 하는데, 선발대는 여전히 뭉칠 생각이 없었다.

도리어 그들은 합쳐질 생각을 하지 않고, 언제든지 별동대의 공격에 천의 숫자로 막을 수 있도록 진형을 짜고 있었다.

물론 진형이라고 해 봤자 전략이나 전술도 아니라, 서로 방해가 되지 않도록 형태를 짜는 것에 불과했지만 말이다.

"이상하게 생각할 필요 없다."

복수에 눈이 먼 여평탁이 별동대를 모아 연설을 시작했다.

"마교도란 놈들은 원래부터 뇌가 없다 할 정도로 야만적이고 무식하다. 그러니 괜한 걱정을 할 필요는 없다."

원래 뭐든지 너무 쉬우면 뭔가 이상하고 불안하기 마련이다. 실제로 별동대원들은 모두 묘한 얼굴로 일그러져 혹시 함정에 빠진 것은 아닐까, 하고 추측했다.

"혹은 그대들이 생각보다 너무 강해서 그런 것일지도 모르네! 하하하!"

여평탁은 혹시라도 별동대가 떨어져 나가거나 실수를 할까 봐 걱정하여 그들을 안심시켰다.

"자, 그럼 다음 목적을……."

별동대는 휴식 하나 없이 무작정 돌격하는 것 같았으나, 전혀 아니었다. 도리어 힘을 효율적으로 쓸 수 있을 정도로 충분히 쉬는 편이었다.

현재 대주를 맡고 있는 여평탁은 마교에 대한 복수를 위해서 모든 정신과 경험을 집중하고 있었다.

그는 만약에 자신이 잘못된 판단을 내리고, 감정 때문에 실수라도 한다면 증오스럽기 그지없는 마교도를 놓칠지 모른다는(?) 어이없는 생각 때문에 도리어 평소보다 효율적으로 움직이고 있었다.

이후, 별동대는 다시 한 번 선발대의 분대와 충돌. 다시 백여 명의 희생과 함께 천 명을 소탕하는 데 성공한다.

이로서 선발대의 남은 숫자는 이천. 따지고 보면 천 명의 별동대가 삼천의 병력을 이긴 것이니 그 공은 확실히 대단했다.

"들었어?"

"아아, 혹시 감숙의……."

별동대의 활약은 일파만파 중원 무림으로 퍼졌다. 정마대전인 만큼, 사람들은 소식 하나하나에 신경 쓰고 귀를 기울였다.

"과연 청성파야!"

"어쩌면 청성도검은 역대 최고의 장문인으로 평가받을지도 모르겠군."

무당신룡인 진양의 활약도 활약이지만, 역시 제일 주목받고 칭송을 받는 것은 여평탁이었다.

이건 결코 과장 따위도 아니었고, 여평탁이 권력과 청성파의 힘을 이용해 다른 사람들의 공을 숨기는 것도 아니었다.

여전히 오백 명에서 변동이 없는 청성파의 적운검진은 압도적이라고 할 정도로 강했으며, 많은 마교의 무사들을 죽였다.

"강호에서도 우리 별동대의 존재를 신뢰하고 칭송하고 있다! 정파의 무인들이여, 우리가 가는 길에 패배는 없으리라!"

"와아아아아!"

여평탁은 소문을 이용하여 별동대의 사기를 끌어올리기 위해 연설을 빠뜨리지 않았다.

이후, 별동대는 이 기세를 이용해 강호의 칭송을 받으며 전진. 이제는 둘밖에 남지 않은 분대와 부딪쳤다.

허나 그 결과는 좋지 못했다.

또 다른 천 명의 분대를 소탕하는 데 성공했지만, 피해가 너무 컸다. 청성파의 제자들이 이백이나 죽고, 그 외의 별동대원도 삼백이나 목숨을 잃거나 싸울 수 없는 상태가 됐다.

"끄으으……."

"제기랄."

마교의 본대와의 거리가 좁혀졌다는 정보를 듣고 급하게 움직인 것이 화근이었다.

사실, 아무리 사기가 높고 여평탁이 적절한 휴식을 줬다고 해도 그동안의 피로가 모두 해소되기에는 조금 무리가 있었다.

한 번도 아니고 네 번째의 싸움, 그것도 약 삼천여 명의 마인들을 죽이고 또 천 명의 마인들과 싸웠다. 피곤하지 않으면 더더욱 이상하다.

결국 무적이라 불렸던 적운검진의 축이 무너지면서 대량의 피해가 일어났고, 그 여파로 다른 별동대원도 많이 다쳤다.

천 명이었던 별동대는 세 번의 싸움으로 이백여 명이 죽었었고, 이번에 오백 명의 추가적인 사망자와 부상자로 인해 결국 싸울 수 있는 인원은 삼백여 명밖에 남지 않았다.

"장문인! 더 이상 싸울 수는 없습니다!"

서패호법이 코앞에 있었지만 수혜사태는 더 이상의 싸움이 무리라는 걸 판단하고 여평탁을 뜯어 말렸다.

"장문인, 확실히 이번에는 힘들 겁니다."

여평탁만큼은 아니지만, 그래도 마교를 싫어하는 진양 역시도 수혜사태의 의견에 손을 들었다.

무당파의 제자들과 더불어, 모용세가의 무사들, 도가장의 무사들의 피곤한 기색이 머리를 스쳐 지나갔다.

"……."

여평탁도 머리를 차갑게 굳히고 고심에 빠졌다.

확실히 객관적으로 보면 이 이상 싸우는 것은 무리다. 싸울 수 있는 삼백 명도 솔직히 전력을 낼 수 있는 상태가 아니었다.

말 그대로 '싸울 수 있다.'라는 정도지, 초기 때처럼 멀쩡한 상태는 아니었다.

그들 역시 긴 싸움으로 인해 지쳤고, 또 저번 싸움에서 오백 명이 크게 다치거나 죽어서 사기 역시 떨어졌다.

"이대로 속행한다면 설사 이긴다고 하여도 우리는 필시 큰 피해를 입을⋯⋯."

"수혜사태, 그건 나도 알고 있소."

여평탁이 굳은 얼굴로 그녀의 말을 잘랐다. 수혜사태의 얼굴에 짙은 어둠이 깔렸다.

최근 복수귀로 변한 여평탁의 눈동자에서 시커먼 감정이 활활 타오르는 걸 봤기 때문이었다.

"그러나 이기기 위해서 희생이라는 것은 어쩔 수 없는 법이요."

"장문인!"

"수혜사태, 내가 복수에 미쳐서 억지를 부리고 있는 것이 아니요. 서패호법은 단 네 명, 아니. 이제는 세 명밖에 없는 사대호법 중 한 명이요. 여기서 송마강의 목을 벨 수 있다면 우리 정파 무림에 큰 도움이 될 거요."

'……확실히.'

만약 여기서 송마강을 놓친다면 곧 있으면 도착할 마교의 본대와 합류할 것이다.

화경의 고수가 한 명 있는 병력과, 빠진 병력과의 차이는 의외로 크다. 그만큼 화경의 존재는 크고 무겁다.

코앞에서 이만 오천 명이 아니라, 고작 천 명의 마교도와 함께 있는 화경의 고수라니, 아주 좋은 기회라 볼 수 있었다.

"장문인. 제가 왜 부대주로 임명된지 알고 계시는지요?"

"알고 있소. 내가 모든 이성을 잃고, 복수 때문에 눈이 멀어 잘못된 판단을 할 것 같아서가 아니오?"

여평탁도 자신의 상태를 어렴풋이 알고 있었다. 사제의 죽음에 의하여 눈이 멀고, 누구보다 마교를 증오했다.

이 감정이 워낙 크다보니, 눈치를 안 챌 수가 없었다.

그리고 비록 그가 반 정도 미쳐 있긴 했으나, 주화입마에 빠질 정도로 완전히 맛이 간 것은 아니었다.

여태껏 별동대를 운영해 온 것이 그 증거였고, 부대주인 수혜사태의 존재가 무엇인지도 잘 알고 있었다.

"잘 알고 계시는군요. 장문인께서는……."

"내가 정말로 폭주하고 있다고 생각하고 있소?"

여평탁이 재차 수혜사태의 말을 뚝 하고 끊어버리고 시선을 돌려 젊은 도사에게 물었다.

"무당신룡, 자네가 한 번 판단해 주게."

"……."

한쪽에 앉아서 가만히 이야기를 듣고 있던 진양은 곤란한 듯 뒤통수를 긁적이더니, 이윽고 입을 열었다.

"그렇지 않습니다."

"무당신룡!"

수혜사태가 언성을 높였다.

"수혜사태 선배님, 진정해 주세요. 진정하시고 제 이야기를 한 번 들어주십시오."

진양은 눈살 하나 찌푸리지 않고 소곤소곤 부드러운 어조로 말했다. 그러자 수혜사태는 끄응, 하고 탐탁지 않은 표정이었으나 별다른 말을 하지 않고 그의 말을 기다렸다.

"결과적으로 보면 청성의 장문인께서는 올바른 판단을 하고 계십니다. 확실히 화경이나 되는 고수를 이렇게 쉽게 처리할 수 있는 기회는 앞으로 몇 없을 겁니다. 놓치기에는 아깝습니다."

"……."

"하지만 그렇다고 저 역시 삼백 명 모두가 무모하게 덤빌 필요도 없다고 생각합니다."

병력의 차이가 무려 약 세 배 정도가 된다.

게다가 이쪽과 다르게 적들은 한 번도 싸우지 않아서 지치지도 않았고 나름대로 정보를 받아 만반의 준비를 하고 있다.

거기에 모자라 화경의 고수까지 떡 하니 버티고 있으니 만약 이대로 싸우러 간다면 전멸을 면하지 못한다.

즉, 여기서 싸우러 간다는 것은 백이면 백, 죽은 목숨이라고 생각하는 것과 같다.

第十二章

서패호법(西覇護法)

"그럼 시주께서는 대체 어떻게 하면 좋겠다고 생각하시는 건가요?"

수혜사태가 답답하다는 듯이 물었다.

"암살입니다."

"네?"

"정면 대결은 힘들 테니, 치고 빠지기 방식으로 부대를 운영하는 겁니다. 그리고 혼란스러운 틈을 타서 송마강을 몰래 죽이는 것이지요."

"아미타불……."

수혜사태는 차마 고개를 들지 못했다. 암살이라는 말이

부끄러워 고개를 들 수 없었다.

정파인이 대놓고 이렇게 당당하게 암살이라는 말을 내뱉다니, 아무리 보수적이지 않은 젊은 무인이라고 해도 과한 감이 있다고 생각됐다.

"자객이라도 보낸다는 말씀이신가요?"

정파 무림에서 자객은 대체로 인정받지 못한다.

그들은 정면 승부가 아니라, 목표가 잠을 자고 있을 때나 혹은 소변이나 대변을 쌀 때, 심지어 이성과 교접할 때 등 몰래 숨어 있다가 방심하는 틈을 노린다.

그러다 보니 자객은 항상 비겁하다는 인식이 정파인들의 머릿속에 뿌리 깊게 박혀서, 아무리 어쩔 수 없는 상황이라도 그와 같은 행동을 하면 최대의 치욕으로 여긴다.

"자객을 따로 고용하겠다는 의미가 아닙니다. 제가 합니다."

진양은 눈썹 하나 까딱하지 않고 충격적인 발언을 입에 담자, 수혜사태는 몸을 파르르 떨며 큰 한숨을 내쉬었다.

'반응이 왜 이렇게 격하지?'

한편, 정작 그 장본인은 수혜사태의 반응이 너무 과하다는 생각으로 고개를 기울였다.

수혜사태의 사저이며, 무림맹 장로이기도 한 수화사태는 공사구별도 하지 못하는 어린아이를 투옥시키고 고문을 하는데 적극 찬성했다.

그거에 비해 암살 따위는 별 대단한 것이 아니다.

"혹시……."

어쩌면 수혜사태는 무림맹의 어두운 면을 모르는 것일 지도 모른다는 생각에 진양은 반사적으로 수화사태를 떠 올렸다.

'청성의 장문인은 마교의 척살을 위해서라면 수단과 방 법을 가리시지 않는 분이시다. 어쩌면 수혜사태께서는 그 가 최악의 결과를 선택하지 않도록, 최소한으로 남겨 둔 도덕적 장치일지도 몰라. 지금까지 본 결과 둘은 너무나도 다른 사람이니까.'

여평탁은 지금 당장이라도 심마에 빠져 폭주하는 것이 전혀 이상하지 않는 사람이다. 그만큼 그의 상태는 불안하 다.

그래서 수화사태는 누구보다 순수하고, 고결한 수혜사 태를 보냈을지도 모른다.

실제로 이 두 명은 별동대가 움직인 이후로 항상 의견 충돌을 해 왔고, 서로를 신경 썼다.

여평탁의 경우도 대부분 의견을 억지로 밀어붙이긴 했 지만, 수혜사태의 반대 때문에 몇몇 의견은 묵살된 적이 있었다.

어쩌면 그 의견이 인간으로서 최소한으로 지켜야할 만한 행동이었을지도 모른다.

'저렇게 나이를 먹으셨는데도 어린아이처럼 순수함이라니. 이거야 원, 양심이 찔리는구나.'

사실 자신조차도 정파인과는 거리가 좀 멀다. 여태껏 회의를 해 왔을 때도 대부분 여평탁의 의견에 손을 들어줬다.

"무슨 말씀을 하시려고 했나요?"

수혜사태의 물음에 상념이 깨졌다.

"아닙니다."

진양은 쓰게 웃으면서 손사래를 쳤다.

"나도 자네의 의견이 나쁘지 않다고 생각하네만……."

여평탁이 말꼬리를 흐렸다.

"하지만 굳이 그럴 필요는 없다고 생각하네."

"그게 무슨 뜻인지 여쭤 봐도 되겠습니까?"

"송마강은 부대의 후방에 있는 것이 아니라, 중앙에 있네. 설사 암살에 성공해도 자네는 이미 수백 명에게 포위된 상태. 분명 자네를 잃을 걸세."

진양이 그것도 모르고 말을 꺼낸 것은 아니었다. 그는 송마강의 죽음으로 생겨난 약간의 혼란을 틈타, 대해와 같은 내공이 있다면 도망갈 수 있다고 생각했었다.

그러나 이를 아무리 설명해도 여평탁과 수혜사태는 믿지 않을 것이다. 이런 나이에 그 정도의 내공을 지니고 있는 것은 상식에서 너무 벗어난 일이니까 말이다.

"송마강에게 괜히 '패(覇)'라는 글자가 별호에 붙은 것이 아닐세. 일대일 승부를 청하면 자존심 때문에라도 싸움을 멈추고 본인이 나와서 승부해 줄 걸세. 그때를 노리게나."

"그것이 정면 승부와 무엇이 다르다는 건가요?"

말이 떨어지도록 무섭게 수혜사태가 물었다.

"다르오. 왜냐하면 송마강이 무당신룡의 손에 죽는 순간 싸우지 않고 전속력으로 후퇴할 것이기 때문이오."

여평탁도 결국 자신의 고집을 꺾었다.

방금 전까지의 그는 송마강을 포함하여 나머지 마교도를 모두 죽여야 한다는 태도를 고수했다.

그러나 수혜사태의 반대가 워낙 극심하고, 진양 또한 삼백 명으로 천 명을 상대하는 건 자살행위라고 해서 어쩔 수 없이 한 걸음 물러나야만 했다.

"음."

수혜사태가 거의 처음으로 여평탁의 의견에 반발하지 않고 동의하는 태도를 보였다. 그만큼 좋은 생각이었다.

           *   *   *

  마교의 선발대. 지휘관 막사 안.

  막사 안은 여인네의 신음 소리와 열기로 가득 차 있었
다.

  현재 별동대가 영순위로 노리고 있는 목표, 송마강은 아
래에 깔린 알몸의 여인들을 보고 흡족하게 웃었다.

  "아, 아흥! 아아!"

  마교에서 자랑하는 음약(淫藥)을 복용한 여인은 침을 질
질 흘리면서 송마강에게 안겨 비명을 질렀다.

  송마강은 노인임에도 불구하고 터무니없는 정력을 자랑
하면서 여인들을 안아 자신의 씨앗을 뿌렸다.

  "서, 서패호법님. 실례하겠습니다."

  마교 무사 중 하나가 막사의 문을 열고 조심스레 들어왔
다.

  퍼엉!

  "꺄아아악!"

  막사 안으로 들어오려던 마교 무사의 머리가 과일처럼
터지자, 송마강에게 안겨 있던 여인들이 약에 취해 있음에
도 불구하고도 경악 어린 비명을 질렀다.

  "내 음양의 이치를 깨닫고 있었거늘……. 실례하는 줄

알았으면 들어오지 말아야지."

송마강은 품 안에서 몸을 바들바들 떨고 있는 여인을 진정시키기 위해서 머리를 부드럽게 쓰다듬었다.

그러나 여인은 방금 전의 일이 충격적이었던 듯, 떨림은 멈출 생각을 하지 못하고 점점 더 심해져갔다.

"에잉, 쯧쯧."

한참 좋게 흘러가던 분위기가 깨지자 송마강은 혀를 차면서 자리에서 일어났다. 안겨 있던 여인이 바닥으로 떨어져 나갔다.

"사, 살려 주세……."

송마강은 코웃음을 치곤 볼 것 없다는 듯 손을 휘저었다. 그러자 곳곳에서 무언가 터지는 소리와 함께 막사 안이 비명과 뇌수, 피로 가득 찼다.

"쩝."

송마강은 아쉬운 듯 입맛을 다시곤 막사 바깥을 향해 '들어와라!' 라고 소리쳤다.

그러자 기다렸다는 듯이 마교의 무사가 뛰쳐 들어왔다. 그의 안색은 시체마냥 하얗게 질려 있었다.

"설명해라."

"예! 무림맹의 별동대에서 서신 한 장이 도착했습니다."

"내용."

"예! 무당신룡이라는 애송이가 건방지게도 서패호법님께 일대일 승부를 원한다는 내용이었습니다. 장소와 시간은······."

"흐흐흐, 정말 건방지구나. 화경에 올랐다고 눈에 뵈는 것이 없는 모양이야."

송마강이 마교 무사의 뒷말을 듣지 않고 음산하게 웃었다.

"화경에도 경지가 있다는 걸 아무래도 무림의 선배로서 가르쳐 줘야겠구나. 좋다, 안내해라."

                    *   *   *

"정말 괜찮겠어?"

"네, 너무 걱정하지마세요. 누님."

별동대에게 작전에 대해서 알려지자, 도연홍이 제일 먼저 걱정했다. 진양은 그녀를 안심시켜주기 위해 부드럽게 웃었다.

"널 못 믿는 건 아니지만······."

도연홍은 여기 있는 그 누구보다 더 진양을, 그리고 그의 무공을 신뢰했다. 하지만 그래도 불안을 떨쳐 낼 수는 없었다.

"송마강은 복인흥과 다르고 있는 건 알고 있지?"

"네, 그럼요."

그만큼 송마강의 존재가 보통이 아니라서 그렇다. 비록 송마강이 무림팔존에 비견될 정도는 아니지만, 화경의 경지에 오른 지가 십 년이 넘은 고수이다.

"에휴, 너 같은 동생을 둬서 이게 무슨 고생이니?"

도연홍은 가슴에 손을 올려두고 한숨을 내쉬었다.

'으음. 진정하자.'

무협지로 치자면 눈물을 글썽거려도 부족할 순간에서 가슴으로 눈동자가 절로 돌아가니 어이가 없었다.

진양은 속으로 스스로를 타박하면서 변태적인 생각을 떨쳐냈다.

"하하! 그리 걱정할 필요 없다구. 양이에 대해서 그렇게나 몰라?"

진성이 허리를 젖히며 크게 웃었다.

"천하의 금위사범이자 무당신룡, 그리고 무당파의 자랑스러운 사대제자이자 내 사제라고. 그딴 마교의 늙은이한테 패배할 리가 없다!"

"맞아! 뭘 모르네!"

항상 도연홍에게 한마디도 지지 않으려 하는 진소가 이때다, 하고 웃는 얼굴로 나섰다.

"맨날 믿는다고 하더니, 결국은 우리 양이를 못 믿는 거네. 내 그럴 줄 알았다니까!"

진소는 검지를 좌우로 흔들며 혀를 찼다. 그 모습이 자신을 업신여기는 것 같아 도연홍이 빠득, 하고 이를 악물었다.

"이 건방진 꼬맹이가 죽고 싶어서 환장한 모양이네."

"하, 나이 먹어서 좋겠네. 이 아줌마야!"

"호오, 아줌마라니. 좋아, 한판 해보자는 거지?"

누가 도가장 딸 아니랄까 봐, 한 성질을 자랑하는 도연홍이 더 이상 참지 못하고 진소에게 달려들었다.

이에 진하와 모용중광이 깜짝 놀라며 중간에 서서 싸움을 막았고, 진성은 특유의 시원한 웃음을 흘리며 좋아했다.

진양 역시 평소의 광경을 구경하면서 웃고 있다가, 누군가가 자신에게 접근해오자 재빨리 포권으로 인사했다.

"아."

진양이 누군가에게 인사하자, 서로의 머리를 쥐어뜯고 있던 도연홍과 진소도 싸움을 얼른 멈추고 예의 바르게 포권으로 인사했다. 다른 사람들도 마찬가지였다.

"무당신룡. 괜찮다면 대화 좀 나눌 수 있을까요?"

아까까지만 해도 질리도록 의견을 나눴던 수혜사태였다.

또한 그 뒤에는 제자인 호지란이 서 있었다.

"예, 물론입니다."

진양은 흔쾌하게 승낙하고 일행들에게 다녀오겠다고 눈짓을 보냈고, 다녀오라는 눈짓으로 답변을 받았다.

그는 수혜사태와 호지란의 뒤를 따라서 사람들이 없는 한적한 곳으로 이동했다.

"먼저 시주께 모든 걸 맡겨서 죄송하다는 말씀을 드립니다."

주변에 사람들이 없는 걸 확인하자마자 수혜사태가 사과하자, 진양은 크게 당혹스러워했다.

"죄, 죄송해할 필요는 없습니다. 고개를 들어주십시오."

비록 수혜사태가 무당신룡보다 그 권위와 명성이 적다 하여도, 무림의 큰 선배이다.

자신이 알기로는 아마 사부와 비슷한 항렬로 알고 있는데, 그런 사람이 고개까지 숙이며 사과하니 당황할 수밖에 없었다.

게다가 혼자 있는 자리도 아니고, 제자인 호지란이 바로 옆에 있지 않는가. 제자를 앞에 두고 까마득한 후배에게 머리를 숙이다니, 보통 쉬운 일이 아니다.

"아니오, 사과를 해야 하는 건 당연합니다. 아무리 시주께서 화경의 고수라고 해도, 서른도 되지 않은 후배에게 대마두를 혼자서 상대하라는 짐을 맡기게 하다니……. 아무리 어쩔 수 없다고 해도 제가 다 부끄러워서 머리를 들 수가 없군요."

'와, 이 사람 정말로 보통이 아니구나.'

암살에 대해서 이야기했을 때의 반응을 보고 대충 어림 짐작은 했으나, 이런 태도까지 보일 줄은 몰랐다.

수혜사태가 자신에게 미안해하는 모습 속에는 조금의 거짓도 없어 보였다.

"만약, 아주 만약에……."

수혜사태는 진양의 눈치를 힐끗 보면서 말을 어렵게 이어 나갔다.

"시주께서 송마강 그 대마두에게 혹여나 밀린다고 한다면 도중에 제가 난입하여 대신 시간을 끌도록 할게요."

"예?"

"이 늙은이는 어차피 부처님 곁으로 갈 시간이 얼마 남지 않았으나, 시주는 아직 죽기에는 이르며 또 무림 역시 젊은 영웅을 잃게 둘 수는 없습니다. 그러니 그런 상황이 온다면 부디 뒤돌아보지 않고 도망쳐 주시기 바랍니다."

"……."

수혜사태의 말에 진양은 입을 다물었다.

이에 수혜사태는 진양의 무언을 긍정으로 여기고, 뒤에

서 눈을 글썽이고 있는 제자 호지란을 앞으로 내세웠다.

"이 아이는 저에게 하나밖에 없는 제자인 호지란이라고
해요. 염치없는 부탁이지만⋯⋯ 도주할 때 이 아이를 챙겨
줬으면 합니다."

"사부님!"

호지란은 툭 건드리면 울 것 같은 얼굴로 눈물을 글썽였
다. 사부가 스스로를 희생하여 자신을 지켜주겠다는데, 가
만히 있을 제자가 있을 리가 없다.

"사부님, 그게 무슨 소리이신가요. 불초⋯⋯."

호지란이 뭐라 말하려 했지만, 수혜사태가 나서서 말을
툭 끊었다.

"지란아, 조용히 하려무나."

"사부님⋯⋯."

호지란은 입술을 꽉 깨물고 아무 말도 하지 못했다. 진
양은 스승과 제자 사이의 깊은 정을 보고 무당산에 있는
사부님이 반사적으로 떠올렸다.

'만약, 내가 저 소저와 같은 상황이라면 사부님도 분명
저렇게 하시겠지.'

실제로 청솔은 진양의 무위가 너무 뛰어나, 정마대전의
최전선에 서는 것을 걱정하여 무당파의 장로진들에게 엄
중한 경고를 받을 정도로 갖은 수를 동원했다.

그만큼 청솔의 제자를 향한 사랑은 깊었고, 눈앞에 있는 수혜사태도 마찬가지였다.

그녀는 까마득한 후배에게 머리를 숙였을 뿐만 아니라, 자신의 목숨까지 내려놓으며 제자를 챙겨달라고 부탁했다.

'후후.'

사제 간의 돈독한 정을 보니 옛날 생각도 나고, 왠지 모르게 자신을 보는 것 같아서 기분이 좋아졌다.

특히 진양은 호지란이 지금 대충 무슨 심경인지 알 수 있을 것만 같았다.

'미치도록 분하겠지.'

단 하나밖에 없는 하늘인 사부님이 아무리 고수라고 해도 어린 후배에게 고개를 숙이는 모습을 보였다. 게다가 자신의 안전을 위해서 목숨까지 희생하려한다. 도리어 제자로서 분하지 않으면 이상한 일이다.

'그러니까⋯⋯.'

제자로서, 얼마나 분한지 알고 있기 때문에.

그리고 사부가 죽을지도 모른다는 사실을 받아들일 수 없기에. 또 그게 얼마나 슬픈지 알고 있다.

그러니까.

"밀리지 않습니다."

진양은 수혜사태의 두 눈을 똑바로 쳐다보고 자신감 있

게 말했다.

"결코, 패배하지 않을 겁니다."

"무당신룡, 당신을 무시하는 건 아니지만……."

"저도 수혜사태님의 말씀을 무시하는 것이 아닙니다. 그렇다고 송마강을 결코 우습게보고 있지도 않습니다."

진양은 호수처럼 깊고 맑은 눈동자를 빛냈다. 수혜사태는 그 눈을 보자마자 자기도 모르게 속으로 감탄을 흘렸다.

'아직 이리 어린데도 어떻게 이리 깨끗한 눈을 가질 수 있는가? 마치 수많은 시간 동안 도를 쌓은 선인과도 같구나.'

더 대단한 것은 진양이 결코 오만이나 자만에 빠져 있다는 점이 아니었다.

보통 어린 나이에 화경, 아니 초절정 고수라는 경지에 오르면 그 천재성 때문에 주변에서 칭찬하고 받들어 모시느라 그 자신감이 좋지 않게 변질되기 마련이다.

특히 구파일방의 출신이면 더더욱 그렇다. 뒤에 있는 배경이 원채 대단하다 보니 그러한 경향이 심해지는 것이다.

"상대가 강하기 때문에, 그렇기에 모든 수단과 방법을 가리지 않고 싸워서 승리를 쟁취할 것입니다. 실례되는 말이오나, 솔직하게 말하면 수혜사태님의 도움은 방해가 됩니다."

"무당신룡 대협! 말을 가려서 해 주십시오!"

사부가 눈앞에서 모욕을 당하자 호지란은 눈물을 글썽이던 모습은 어디다 팔고 왔는지, 얼굴을 사납게 일그러뜨리며 언성을 높였다.

그 모습을 본 진양은 입가에 진한 미소를 그려내곤 포권을 지어 수혜사태에게 사과했다.

"무례를 용서해 주십시오. 그러니, 제자 분은 직접 챙겨 주십시오. 송마강을 상대하면서 주변을 신경 쓸 여유는 없습니다."

"무당신룡……."

"수혜사태 선배님, 걱정하실 필요 없습니다. 그런 표정을 지으시지 않으셔도 됩니다. 제가 기필코, 놈을 죽일 겁니다."

진양은 머리를 슬며시 들며 두 눈을 강인하게 빛냈다.

"제가."

*   *   *

드디어 짧으면서도 격렬했던 마교의 선발대와 무림맹의 별동대의 싸움도 끝을 보였다.

양 측 진영은 서로 거리를 두고 마주 봤다.

"크카카카카!"

"으흐, 저기 비구니도 있구나! 난 저 민머리를 만지면서 뒤로 범하는 게 아주 좋더라."

"낄낄낄! 미친놈!"

"이천을 데려와도 부족하거늘, 겨우 삼백 따위로 덤벼들다니! 정파놈들도 하여간 머리가 우리만큼 비었다니까!"

마교 진영에서 비웃음과 함께 온갖 욕설과 음설이 튀어나왔다. 이에 별동대에서 몇몇 고지식한 자들은 얼굴이 벌게져 당장이라도 튀어나올 것 같은 분위기였다.

특히 아미파의 여승들 등, 여무인들이 화를 참지 못하고 당장이라고 검을 뽑아 들어 싸울 것 같은 기세였다.

그러나 여평탁이나 수혜사태 등, 강호의 선배들에 의하여 제재당해 가까스로 참을 수 있었다.

"누가 무당신룡이냐?"

마교 진영에서 범상치 않은 노인 한 명이 나왔다. 서패호법 송마강이었다.

"허어!"

"무슨 노인이……."

송마강을 보자마자 무림맹 측은 대부분 놀라거나 기겁하는 모습을 보였다. 칠순 정도로 보이는 노인네가 웬만한 사내들보다 장대한 체구와 신장을 지니고 있었기 때문이었다.

또한, 송마강 자체에서 흘러나오는 살기와 투기도 엄청 났기에 정예로 짜진 별동대가 아니었더라면 웬만한 자들은 버티지 못했을 것이다.

"나다."

무림맹 진영에서도 진양이 몇 걸음 나서서 위풍당당한 모습을 보였다.

휘이잉

바람이 그의 도포와 머리칼을 훑고 지나갔다. 진양은 미리 준비해 둔 머리 끈으로 어깨를 넘는 머리칼을 위로 묶어 정돈했다. 앞으로 있을 싸움에 방해가 될 것 같아서다.

"아니, 무림맹 놈들은 그렇게 인재가 없나?"

"크카카카! 한참 젖 먹을 애새끼가 화경의 고수라고?"

"어휴, 허세도 적당히 하시지 그래!"

"애송아! 내가 두둑하게 챙겨 줄 테니 이쪽으로 와서 내 물건이나 빨지 그래?"

와하하하!

도발 중에서도 이런 저속한 도발을 찾기가 힘들다. 그만큼 마교 진영에서 지속적으로 흘러나오는 말은 차마 눈 뜨고 들어줄 수준이 아니었다.

그러나 정작 그 도발의 대상이 된 진양은 눈썹 하나 미동하지 않고 오직 눈앞에 있는 상대에게만 집중했다.

서패호법 송마강은, 주변의 도발에 반응하면서 상대할 수 없는 대마두다. 긴장의 끈을 결코 놓지 않았다.

"호, 과연 대단하긴 대단하구나."

자고로 고수는 고수를 알아보는 법.

송마강은 소문의 주인공인 무당신룡을 보자마자 그가 절정도 초절정 고수도 아닌 화경의 고수라는 걸 알아봤다.

"시체 영감의 활강시를 처리한 놈이 어리다곤 들었는데 정말 이렇게까지 어릴 줄은 몰랐다."

"시체 영감이면…… 복인흥?"

"그래."

송마강은 껄껄껄 하고 시원스러운 웃음을 흘리고 목을 한 바퀴 빙그르르 돌렸다. 우드득 하는 뼈 소리가 요란하게 울렸다.

"무공은 제법 괜찮은 모양이다만, 예의는 그렇지 않구나. 강호에서 선배를 보면 인사부터 하고, 말투는 바르게 해야 하는 걸 모르느냐?"

"미안하지만 나는 대마두를 선배로 둔 기억이 없다."

진양도 몸을 풀기 위한 목적인지 손목과 발목을 이리저리 돌려서 상태를 확인했다.

"흐흐, 고놈 참 건방진 걸 보니 내 젊었을 적을 생각나게 하는구나. 좋다. 내가 친히 나서서 버릇을 고쳐주마."

서패호법은 허리춤에 매달린 도 한 자루를 꺼내 들었다.
스르릉, 하고 도가 매끄럽게 빠져나온다.

햇빛이 반사되어 섬뜩하게 빛나는 도신을 보아하니, 보통 칼은 아닌 듯했다.

"서패호법, 몇 가지만 물어보자."

송마강과 달리 진양은 별다른 자세도 취하지 않고 질문을 던졌다. 송마강도 도를 축 늘어뜨린 자세로 머리를 주억거렸다.

"오냐, 이 하늘 같은 선배가 궁금증을 풀어주도록 하마."

"별동대가 네놈의 분대를 하나하나 박살 내고 있었는데도, 그런데도 왜 움직이지 않았지?"

지휘관으로서, 아니. 무인이라면 누구나 다 의문을 가질 법한 질문이었다.

질리도록 생각하고 또 고민을 품어봤지만, 역시 이해가가지 않는다. 서패호법이 도통 무슨 생각인지 이해할 수가 없었다.

무슨 작전이 아닐까 싶었지만, 사천 명이나 되는 병력을 고작 천 명의 별동대에게 전멸당하는 작전은 들어 본 적도본 적도 없다. 아니, 감히 상상도 할 수 없는 일이다.

"허, 것 참. 뭔가 했더니 겨우 그따위 질문이었느냐?"

송마강은 진심으로 어이없어하고 불쾌해 했다.

"하여간 정파란 것들은 나이를 많건 적건 간에 쓸데없는 말하기를 좋아하는구나. 게다가 남이 다른 생각을 품으면 어찌 그렇게 참견하기를 좋아하는지. 쯔쯔!"

송마강은 혀를 차면서 손에 쥔 도를 바로 세웠다. 그의 눈동자가 진득한 살기로 번뜩였다.

"정보를 모으고 염탐하기 좋아하는 너희라면 알 것 아니냐. 내가 지휘하는 걸 싫어하는 인간이라는 것을!"

쿠아아앙!

송마강이 지면을 구르고 몸을 날렸다. 그가 있던 자리는 움푹 파여 모래와 돌멩이가 뒤섞여 모래 바람을 일으켰다.

서패호법이라는 이름답게, 송마강은 패도적인 움직임을 보여 주었다.

멧돼지처럼 무식한 돌격을 보여 준 송마강은 진양과의 거리를 순식간에 좁혀 칼을 크게 휘둘렀다.

이에 진양의 육체가 거의 무의식적으로 반응하며 내기를 끌어 올려 손에 코팅하듯이 둘러, 강기를 형성시켰다.

째애앵!

"호오!"

송마강이 작게 감탄하면서 씩 웃었다.

"용케 알았구나."

방금 전의 일격은 단순하게 칼을 휘두르는 것이 아니다.

잘 보면 도신 위에 강기가 얇게 형성되어 있었다.

만약, 그냥 평범하게 반격했더라면 강기에 의하여 손이 두부마냥 부드럽게 베여서 지금쯤 피가 뿜어져 나왔을 것이다.

"자고로 싸움이라는 건 이래야지! 좋구나!"

송마강은 마교의 천마만큼 호전적인 인물이다. 그가 괜히 선발대에 있는 것이 아니었다.

누구보다 싸우는 걸 좋아하고, 피를 즐기고, 공수를 교환하는 것에 환희한다.

"크하하하핫!"

송마강은 광소를 터뜨리면서 도격을 날렸다. 하나하나에 묵직한 강기가 실려서 말도 안 돼는 일격을 자랑했다.

이에 진양도지지 않겠다는 듯 강기를 실은 주먹과 손바닥을 교대로 사용하여 화살비처럼 쏟아지는 도격들을 맞받아쳤다.

'큭.'

확실히, 화경은 화경이었다.

여태껏 여러 적들과 싸워왔지만 송마강처럼 강한 상대는 거의 없다시피 했다. 그만큼 송마강의 움직임은 보통이 아니었다.

초식 하나하나에 실린 강기도 강기지만, 오묘하게 사혈

을 노리고 들어오는 미세한 솜씨도 보통이 아니었다.

'이게, 나 외의 또 다른 화경의 고수.'

그동안 강기 하나만으로 많은 마교의 무사들과 고수들을 평정했다. 그들 모두 강기 하나에 버티지 못하고 추풍낙엽처럼 쓰러져 갔다.

그러나 송마강 역시 그 강기를 보유하고 있었다. 게다가 그는 수십 년을 살아온 노고수. 나이에 맞게 상당한 내공을 보유하고 있어서, 강기의 소비를 두려워하지 않았다.

만약 진양이 어릴 적부터 갖은 수법으로 쌓아 온 내공이 없었더라면, 금세 지쳐서 떨어져 나갔을 것이다.

"크하아아압!"

송마강이 기합과 함께 묵직한 일격을 날렸다. 그의 도가 위에서 아래로 떨어지자 공간이 두 동강나는 느낌이 났다.

그만큼 송마강의 도에 실린 패도적인 기운은 상대했다. 주변의 공간과 대기층까지 모두 짓뭉개질 정도로 무겁고, 압도적이었다. 괜히 서패호법이란 이름이 붙은 것이 아니다.

'호신강기!'

송마강이 날린 절초가 본능적으로 보통이 아니라는 걸 느낀 진양은 얼른 양팔을 교차하고 상단 막기를 시도했다.

쿠와아아아아아아앙!

도강과 호신강기가 충돌하자 하늘과 땅이 무너지는 건 아닐까 생각될 정도로의 굉음과 함께 기의 폭발이 일어났다.

우주의 탄생을 떠올리게 만드는 광경이 일어났다.

두 사람의 다리 모두 지면 깊숙하게 박혔고, 그들을 중심으로 지면 모두가 깊게 가라앉으면서 거미줄 마냥 금이 갔다.

그 외에도 강기가 충돌하고 폭발하면서 기의 여파가 폭풍처럼 쏟아져 나와 양측 진영을 뒤덮었다.

"쿨럭!"

마교 진영 측에서 무공이 약한 자들이 피를 울컥 토해 냈다.

"끄으으……."

"콜록! 콜록!"

"뭐, 이런……."

무림맹 진영도 멀쩡하지만은 않았다. 그들은 지속된 싸움 때문에 상당히 지친 상태였다.

그런데 강기와의 충돌로 인한 충격파를 지천에서 대놓고 받게 됐으니, 멀쩡할 리가 없었다.

"이것이 화경……."

모용중광은 내장을 뒤흔드는 격통을 꾹 참아 내고 두 다리를 기둥으로 삼아 허리를 꼿꼿이 세웠다. 그는 속으로 앞으로 일어날 광경을 결코 놓치지 않겠다고 다짐했다.

아니, 모용중광뿐만 아니라 무림맹 진영에서도, 마교 진영에서도 다들 두 눈을 부릅뜨고 강렬한 의지를 보였다.

"지란아, 조금 힘들어도 결코 이 순간 하나하나 놓치지 말거라."

"예, 사부님."

호지란은 고개를 주억거리고 모든 감각을 오롯이 시각에만 집중했다. 그만큼 두 사람의 싸움이 중요했기 때문이었다.

자고로 무인이라는 건, 정사와 마를 포함하여 강함을 선망하기 마련. 그들은 인간으로서 거대한 벽을 뛰어넘은 강자들의 싸움이 어떨지 진심으로 궁금해 했다.

또한, 화경의 경지에 오른 무인들의 싸움에서 무언가를 보고 깨달음을 건질 수 있을지도 모른다는 생각에 좌중의 모두가 진양과 송마강의 대결에 집중했다.

"크하하핫!"

송마강은 도격을 끊이지 않게 연결하면서도 호탕한 웃음을 빠뜨리지 않고 도격과 함께 쏟아 냈다.

"확실히 내 패웅도법(覇雄刀法)에 대응할 수 있는 걸 보면 화경은 화경이로구나!"

"패웅도법이라니, 정말 단순하고 노골적인 이름이구나."

유치하고 단순무식한 이름이었지만, 송마강을 생각해 보면 정말 미치도록 닮았다.

분명 송마강이 창안한 것은 아니겠지만, 그러한 생각이 들 정도로 잘 어울렸다.

"자아, 어린 말코 도사야. 신공(神功)을 가르쳐줬으니, 네놈의 무공도 밝혀야하지 않겠느냐?"

"양의신공."

"허어, 양의신공이라고?"

진양이 익힌 무공을 가르쳐 주자, 송마강은 생각지도 못한 표정으로 놀란 모습을 보였다.

"태극신공과 함께 삼대신공으로 불리는 그것 말이냐?"

"호오."

이번에는 진양이 살짝 놀랍다는 표정을 지었다.

양의신공은 무당파의 삼대신공으로 내려오긴 하지만, 대성이 불가능하고 해괴한 조건 때문에 아무도 익히지 않는다.

그 덕분에 무당파의 제자들조차 양의신공에 대해서 들으면 고개를 갸웃하게 되는데, 송마강이 아는 눈치를 보였으니 놀라울 따름이었다.

"이놈, 내가 누구인지는 아느냐. 네가 태어나기 전부터 명성을 떨쳤고, 화경에 오른 지도 십여 년이 된 마교의 대마두, 서패호법 송마강이다. 아마 내가 너보다 무당파에 대해서 잘 알고 있을 것이다."

송마강은 스스로도 잘 기억은 하지 못하지만, 적어도 여든 살은 넘은 노마두 중에서도 노마두였다.

한 세기에 가까운 중원 무림의 역사에 대해서 꿰차고 있으며, 품고 있는 지식 또한 상당했다.

"내 설마하니 살다 살다 그 괴공으로 화경에 오른 놈과 싸울 줄은 상상도 못 했다."

송마강이 어이없는 듯이 헛웃음을 내뱉었다. 양의신공을 괴공으로 부르는 모양새를 보아하니 확실히 무당파에 대해서 잘 알고 있다는 것이 거짓말은 아닌 모양이었다.

"어디 한 번 얼마나 기괴한지 구경이나 해 볼까!"

거리를 약간 둔 송마강이 말이 끝나기 무섭게 도를 휘리릭 하고 몇 차례 휘둘렀고, 도기 다발이 날아왔다.

진양은 당황하지 않고 침착하게 제운보를 밟아 부드럽고 유려한 움직임으로 도기 다발을 하나하나 모두 피해 냈다.

"아까부터 봤지만 정말 날쌔구나!"

연달아 날린 도기가 시야에서 모두 벗어나자, 송마강이 코앞까지 다가와서 목을 노리고 도를 찔러왔다.

'찌르기?'

도라는 건 보통 베기를 위해 존재한다. 찌르기가 들어가는 도법이란 건 존재하지 않는다.

진양은 아주 찰나의 순간 당황했으나, 다시 제정신을 차리고 침착하게 대응했다.

목을 노리고 날아온 도를 피하기 위해서 상체를 살짝 숙였고, 날카로운 파공성과 함께 목이 있던 자리에 도가 지나갔다.

'이런.'

피하고 난 뒤에 진양은 자신이 실수했다는 걸 깨닫고 속으로 혀를 찼다.

"멍청한 놈!"

방금 전의 초식은 패웅도법이 아니었다. 정말 단순한 찌르기에 불과했다. 즉, 진짜를 위한 허초였다.

송마강은 손잡이에 쥔 손에 힘을 잔뜩 주고 도를 허공에 멈춰 세운 뒤 그대로 아래를 향해 수직으로 힘껏 그었다.

도신에 강기가 실린 것은 두말할 것도 없었다.

'괜찮아. 실수한 걸 먼저 깨달았어.'

어리석게도 송마강의 의도한 대로 걸렸지만, 대처를 할 수 없는 건 아니었다. 허초에 걸린 것을 일찍 깨달았기 때문에, 거의 무의식적으로 파훼법을 만들어 낼 수 있었다.

'일단 위쪽으로 한 방.'

오른 손바닥을 머리 위에 올려두고, 그대로 장풍을 쏟아 냈다. 십 성의 공력 모두를 사용했기에 파괴력이 상당했다.

퍼엉!

손바닥에서 뿜어져 나온 장력은 그대로 내려오던 도신을 한 대 후려쳐서 잠시 동안 멈추게 했다.

그 뒤, 진양은 준비했던 왼손을 마치 빛과 같이 빠르게 출수하여 움직임을 멈춘 도신의 옆면을 향해 장풍을 쏟아 냈다.

퍼어엉!

째앵!

머리카락 한 올을 베어내려던 도신은 측면에서 강한 힘이 주어지자 도신이 휘면서 방향도 꺾였다. 수직선이 아니라 대각선을 이루고 있었다.

"흥!"

정확히 머리를 노렸던 도가 옆으로 꺾이자, 송마강은 마음에 안 드는지 미간을 찌푸렸다.

'이번에는 내 차례다.'

아슬아슬하게 치명적인 일격을 피해냄과 동시에, 왼손으로 장풍을 날리면서 자세를 다시 올바르게 잡은 진양은 머리 위에 올려뒀던 오른손을 어느새 회수하여 주먹을 불끈 쥐었다.

그는 송마강이 도를 다시 회수하는 것을 눈에서 뇌로 전달하기도 전에 먼저 움직여서 권강을 담은 우권을 날렸다.

"이런!"

도강으로 권강을 막기에는 이미 늦은 송마강은 비록 내공의 소비가 상당했지만 호신강기를 형성해서 권강을 막아 냈다.

쿠아아아앙!

재차 폭음과 함께 먼지구름이 지면에서 치솟아올라 주변을 한 차례 훑고 지나갔다.

"콜록콜록!"

이번에는 상당한 근접 거리에서 일순간에 힘을 폭발시켰기 때문일까, 폭발의 여파가 더욱 심했다.

진양도 모래에 휩쓸려서 미간을 찌푸리고, 한쪽 소매로 코와 입을 가리고 실눈을 떴다.

"흐, 수강과 권강을 동시에 사용할 수 있다니. 비록 양의신공이 괴공이긴 하나 역시 무당파의 삼대신공이라 불리만 하구나."

도를 휘둘러 모래 바람을 날려 버린 송마강이 음침하게 웃었다. 그 웃음 속에는 감탄이 뒤섞여 있었다.

아무리 화경이라고 해도 강기를 아무렇게나 만들어 낼 수 있는 것이 아니다.

예를 들어 송마강의 경우, 도법만 연공했으니 도강만 만들어 낼 수 있다. 권강이나 수강은 만들어 낼 수 없다.

물론 아예 불가능하다는 건 아니다. 도법 외에 다른 무공으로 화경의 경지에 오르면 된다.

당연한 말이지만 터무니없는 소리다.

애초에 화경이라는 것이 그렇게 말만으로 쉬운 경지가 아니다. 재능이면 재능, 노력이면 노력, 시간이면 시간, 마지막으로 운이 따라줘야 겨우 오를 수 있는 상승의 경지다.

한 가지 무공으로 대성하기도 힘든데 두 가지로 하겠다니, 거의 불가능이나 마찬가지였다.

하지만 양의신공 만큼은 상황이 좀 다르다.

양의신공이란 건 원래부터 한 번에 두 가지 무공을 같은 경지로 펼칠 수 있게 해 주는 무공이다. 괜히 뒤에 신공이라는 이름이 붙는 것이 아니다.

그 덕분에 진양은 화경에 오르면서 권법도 장법도 모두 화경의 무위로 펼칠 수 있었으며, 권강과 수강도 자유롭게 변환하면서 사용할 수 있는 능력을 갖게 됐다.

송마강은 그런 의미로 감탄한 것이다.

"허나, 그만큼 대가도 있을 터."

송마강은 눈을 가늘게 뜨고 음흉하게 웃었다.

"양의신공이라는 건 두 가지 무공을 쓸 수 있게 해 주지만, 그만큼 내공의 소모도 터무니없이 많다. 네가 아무리 무당파의 기대주로서 영약을 처먹었다고 하지만 나이가 있으니 분명 한계가 있을 것이다."

"하하."

영약이라는 말에 진양은 자기도 모르게 중요한 순간인데도 불구하고 참지 못하고 웃음을 터뜨렸다.

"이놈, 뭐가 그리 웃기느냐?"

"영약이라니, 나와 정말 연이 없는 말을 하는구나. 네놈에게는 실망이겠지만 난 태어나서 인삼 하나 먹어본 적 없을 정도로 영약과는 관련이 없는 사람이다."

"하하, 나야말로 웃어줘야겠구나. 이놈, 괜한 허세는 부리지 말거라. 애초에 영약을 먹지 못했다면, 지금까지의 강기를 소모한 것이 설명되지 않는다. 아무리 깨달음이 높아 화경에 올랐다고 해도, 그런 무식한 내공은 지니지 못한다."

화경에 오르면 내공이 비약적으로 상승하긴 한다. 하지만 무슨 넘쳐흐르거나 할 정도는 아니다. 수치로 따지자면 약 오 할이나, 칠 할 정도였다.

강기를 정말 물 쓰듯이 쓰고 아직까지도 지치지 않으려면 영약을 어린 나이 때부터 처먹고 자신의 것으로 만들어야 설명이 된다. 그게 아니라면 도저히 설명이 되지 않는다.

문제는 진양이 도저히 설명할 수 없는 단전과 더불어 어린 나이에도 이 갑자를 훌쩍 넘는 내공을 지녔다는 점이었다.

"믿기 싫으면 믿지 않아도 상관없다. 어차피 네놈은 내 손안에서 죽음을 맞이하게 될 테니까."

"무당신룡, 네가 후배라고 귀여워해 주니까 하늘 높은 줄 모르는구나. 화경에도 차이가 있다는 걸 내 친히 가르쳐 주마."

송마강도 이번 도발은 상당히 마음에 들지 않았는지, 진노하는 표정으로 단전에서 마기를 끌어 올렸다.

꿀럭꿀럭하고 시커멓고 진득한 기운이 송마강에게서 빠져나오는 걸 보고 진양도 태청강기를 끌어 올렸다.

"우우욱."

"우웩."

화경의 고수가 이번에는 힘의 방출을 최소화하지 않고, 경쟁하듯이 뽐내자 주변 사람들만 고통스러워했다.

겨우겨우 버티고 있던 몇몇 들도 헛구역질을 하면서 괴로워했다.

주변의 공간 자체가 서로 상극의 기운의 충돌로 인하여 무언가가 변한 것을 느끼자마자 머리가 지끈지끈 아파왔다.

"내 따끔한 맛을 보여주마!"

역시 먼저 공을 날린 건 송마강이었다. 아니, 굳이 송마강이 아니더라도 마교 출신이라면 아주 희소한 몇몇을 제외하곤 제일 먼저 공격해 올 것이다. 원래 마공이라는 것이 공격에만 특화됐으니까.

'패천일도(覇天一刀)!'

송마강이 자신 있는 초식 중 하나를 날렸다. 패웅도법 중에서도 파괴력만큼은 으뜸인 초식이었다.

'피한다.'

패천일도를 보자마자 범상치 않음을 느낀 진양은 용천혈에서 흐르는 진기에 힘을 주고, 피하는데 집중했다.

"흐흐, 내 그럴 줄 알았다."

송마강은 진양이 정면 승부를 꺼려하고 있다고 생각했다.

패웅도법은 밀어내고, 짓누르고, 파괴하는 특성을 지녔다. 그 성질은 자신의 성격만큼 더럽고 난폭하다.

또한 마공답게 여타 무공과 다른 위력을 자랑하니, 정면으로 맞서는 것은 매우 어리석은 행위였다.

그러니 당연하게도 진양이 피할 것이라 생각했고, 송마
강은 첫 초식이 빗나갈 걸 예상하고 다음 초식에 걸었다.

"죽어랏!"

도강이 실린 칼이 매끄럽게 공간을 베고 날아온다.

솔직히 베기라는 느낌보다, 모든 걸 박살 내고 없애 버
리겠다는 느낌이 강했다.

패도(覇道)적인 힘이었다,

〈다음 권에 계속〉

수라왕

이대성 신무협 장편소설

NAVER 웹소설 인기 무협 『수라왕』,
책으로 다시 돌아오다.

산법에 뛰어난 재능을 지닌 명석한 소년, 초류향.
진리를 깨우치고 숫자로 세상을 보게 된 소년,
그가 강호에 첫발을 내딛는다.

인물들의 외전과 뒷이야기를 정리한 설정집 수록!

★
dream
books
드림북스

의원강호

중원제일 명의가 되기 위한 그의 남다른 행보가 시작된다.

전생에 정형외과 의사였던 김영태, 무림에 환생하다!

기공흑마가 선보이는 또 하나의 강호 시리즈!

기공흑마 신무협 장편소설

ORIENTAL FANTASYSTORY & ADVENTURE

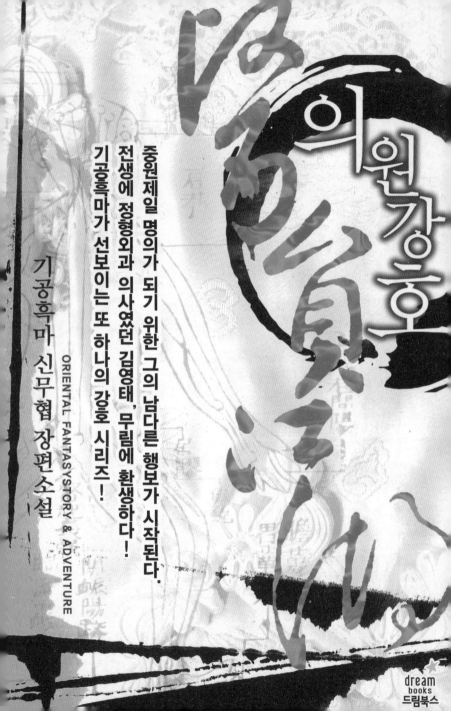

dream
books
드림북스